KB008588

불경스러운 언어

동 서 양 최 고 의 문 장 가 를 만 나 다
고 전 과 현 대 의 맞 물 린 글 쓰 기 인 문 학

불경스러운 언어

1판 1쇄 발행 ｜ 2022년 10월 25일

지은이 ｜ 이은희
발행인 ｜ 이선우
펴낸곳 ｜ 도서출판 선우미디어

등록 ｜ 1997. 8. 7 제305-2014-000020
02643 서울시 동대문구 장한로12길 40, 101동 203호
☎ 2272-3351, 3352 팩스: 2272-5540
sunwoome@hanmail.net
Printed in Korea ⓒ 2022. 이은희

값 16,000원

※ 이 책은 충청북도 충청북도, 충북문화재단 충북문화재단 문화예술지원사업의
우수창작지원사업 지원금으로 발간되었습니다.

※ 잘못된 책은 바꿔 드립니다
※ 저자와 협의하여 인지를 생략합니다.

ISBN 978-89-5658-715-8 03810

불경스러운 언어

이은희 에세이

선우미디어 sunwoomedia

머리말

글에는 색깔이 있다. 자판에 손가락을 얹어 움직이면 검은 글씨가 춤을 춘다. 모니터에 쓰인 글자는 검은 글자일 뿐이다. 하지만, 작가가 어떤 의도로 글자를 엮어 구절을 만들고 배열하여 문장을 만들었을 때, 이서구李書九의 말처럼 "그 글은 삼라만상의 찬란한 색채와 다채로운 물상을 독자의 눈에 또렷하게 떠오르게 한다." 작가는 눈앞에 실물이 그려지듯 형상을 고심하여 독자에게 그 느낌을 전하고자 한다.

상허 이태준의 말대로 "작품은 개인의 뿌리에서 피는 꽃이다." 이 책에 오른 문장가들의 글은 색깔이 분명하다. 적어도 자신만의 글쓰기를 추구하였고, 개성적 글쓰기를 보여주었다. 2015년 계간 『수필세계』 홍억선 주간님이 자유주제로 이은희의 글 세계를 마음껏 펼쳐보라고 했을 때, 남다른 포부가 있었다. 나만의 글 색을 보여주고 싶었다. 마음속 묵은 과제를 풀 듯 "기갈이 들린 사람처럼" 고전을 찾아 읽었다. 그 세계가 참으로 방대하고 광대하여 온몸을 바로 세울 수가 없었다. 어느 것부터

이은희 불경스러운 언어

읽어야 할지 몰라 책의 꼬리 잇기식으로 접근하였다. 덕분에 선인들의 글쓰기에 흠뻑 빠져들었고, 문인의 마음과 글쓰기 자세를 바로잡는 기회가 되었다.

필자는 하루 한시도 수필을 생각하지 않은 적이 없다. 말 그대로 수필에 미쳐 있다. 고문古文을 주로 쓰던 시대에 글쓰기의 남다른 아픔을 감내한, 글쓰기에 미친 조선의 문장가 이덕무, 이옥, 김려, 허균, 홍길주, 심노숭 등이 궁금하였다. 첫 구상과는 다르게 조선을 이탈하여 동서양의 글쓰기의 천재들도 궁금하여 파고들게 된 것이다. 심지어 10세기 일본의 수필 문학의 효시가 된 "베갯머리 서책", 불모지에서 수필이라는 문학 장르를 개척한 일본 문학도 접한다. 격식을 차리고 형식을 중요시하는 나라에서 데이시 중궁의 여방인 세이쇼나곤만의 개성적 글쓰기를 접하고 희열을 느꼈다. 그렇다고 이 책이 일관성이 없는 건 아니다. 자신만의 문체로 일상 글을 쓴 글쓰기 천재들의 핵심 비결이 실려 있다. 사모하는 이덕무에서 페르난두 페소아까지 최고 문장가들의 인문학의 장이라고 해도 좋다.

불경스러운 언어라 불렸던 생활문. 지금도 일상의 체험 글을 쓴다고 수필을 폄훼하는 이들이 있듯, 과거에도 그랬다. 18, 19세기 조선 문단에 문장 개혁이라고 부를 만한 변화가 있었다. 소품문과 척독(편지글)을 썼다고 문체반정을 일으킨 사대부들도 있었고, 군대를 두 번이나 보낸 임금도 있었다. 그 시대의 전통적 문체를 벗어난 문장가들이다. 이들은 낡은 사유와 정서, 문체를 답답해하며, 낯설고 새로운 창작을 겁내지 않는다. 그래선가. 옛 문인의 소품문, 척독, 산문 등을 지금 읽어도 세월을 느낄 수가 없다. 도리어 그 시대의 문화와 역사를 적나라하게 보여주는 기록문화유산이다.

21세기는 누구나 글을 쓰고 책을 쉽게 펴낼 수 있다. 특히, 산문과 수필이란 이름을 내걸고, 소설가도 시인도 일반인도 쉽게 글을 쓰고 책을 출간하는 양상이 보인다. 하지만, 진정한 수필가와 개성적 작품은 드물다. 진통과 아픔을 겪어낸 고전에서 그 해법을 찾고자 한다. 과거 문장가들이 개인적이고 소소한 가치에 주목하며, 소품문(생활문)에 대한 깊은 관심과 선구자적인 문장가들을 찾아내, 수필의 새로운 시각을 제공하고 싶다. 수필의 뿌리까지는 아니어도 수필의 변화와 앞으로 수필이 나아가는 데 일조하고 싶어서다. 마음에 닿는 문장에 밑줄을 그며 거친 호흡을 가다듬었고, 어떤 문장은 필자의 경험을 마구 불러낸다. 이 책에 앞서간 문인들의 명문장을 짧게 싣고, 후인의 감상과 철학도 덧붙인다.

이 책을 통해 문장의 정수를 향유하고, 고전 수필의 세계로 들어가려는 의욕이 생긴다면 더 바랄 것이 없다. 고전에 흥미를 느끼고 예스러움을 감상하며 전통을 넘어 현대와 맞물린 소재를 얻고 착상을 즐기길 원한다. 더불어 엄혹한 코로나 시절의 일상을 소중히 여기며, 치열한 글쓰기의 세계를 깨닫는 다면 더할 나위가 없으리라. 이 책으로 문인들의 기발한 작품이 빚어지길 기대한다.

끝으로, 이 책이 나오기까지 계간『수필세계』에 지면을 마음껏 할애해 주신 홍억선 주간님과 이 책을 열정으로 톺아주신 출판계 지존인 이선우 대표님에게 머리 숙여 감사드린다. 그리고 충북문화재단 우수창작활동지원사업에 저의 작품을 선정해 주신 심사위원님에게도 감사드린다. 문학 관련 지식은 부족하나, 수필을 향한 탐구와 관심과 사랑은 누구보다 높다. 이 책에 부족한 부분은 부디 혜량하길 바라며, 아직도 필자의 마음을 울린 문장을 소개하며 서문을 마치고자 한다. "나는 지금 세상의 사람이다. 나는 스스로 나의 시, 나의 글을 지으니, 저 선진양한先秦兩漢의 문장이 무슨 상관이며, 저 위진魏晉과 삼당三唐의 시가 무슨 상관이랴?"라고 자기만의 글쓰기를 주장한 이옥의 날선 어조가 하늘을 울리는 듯하다.

직지의 본향에서 이은희 적다

차 례

이은희 불경스러운 언어

4부 몸과 마음이 따로 가는 영혼

5부 여기에 무엇을 쓰면 좋겠는가

이은희 불경스러운 언어

고모부님의 이은희 수필집 『생각이 돌다』 필사본

1부

걸어다니는
서점
책쾌

• 가장 빛나는 것들은 언제나 일상 속에 있다 – 이덕무

• 문장이란 골수에 스며들어야 좋다 – 이덕무

• 책은 언제나 대기 상태인 벗이다 – 미셸 에켐 드 몽테뉴

• 시작詩作은 '머리'로 하는 것이 아니고, '심장'으로 하는 것도 아니고,
  '몸'으로 하는 것이다. 온몸으로 밀고 나가는 것이다 – 김수영

작품은 개인의 뿌리에서 피는 꽃이다 – 이태준

책벌레, 간서치가 그리운 날엔

– 이덕무 청언소품 「한서 이불과 논어 병풍」

지상의 별들이 가물거리는 밤에 홀로 자작나무 숲을 지나 서재로 든다. 방문을 여니 책상 위에 책들이 나를 조롱하는 듯하다. 어느새 책상의 표면은 책으로 뒤덮고 켜켜이 쌓인 책 높이는 구릉지만 같다. 직접 구매하는 책도 여러 권이지만, 전문지 구독과 문인들이 보내 주는 책만 해도 상당하다. 책을 주경야독으로 가까이하나 섭렵하기엔 역부족이다. 시간과 장소 구애 없이 책 속에 빠지고 싶은 마음만 절실하다. 그래선가. 오늘은 여느 날과 달리 간서치가 몹시 그리운 날이다.

책에 미쳐 손에서 책을 놓지 못했던 간서치看書痴, 이덕무는 책벌레로 유명하다. 이덕무는 스스로 "책만 읽는 바보看書痴"라고 칭하고, 『간서치전』을 엮었다. 그는 높은 열로 눈이 출혈이 된 상태에서도 손에서 책을 놓지 않았고, 추운 겨울에 손가락이 동상에 걸려도 필사와 독서를 멈추지 않았단다. 또한, "추운 겨울 차가운 구들에서 홑이불만 덮고 잠을 자다가 『논어』를 병풍 삼고, 『한서漢書』를 물고기 비늘처럼 잇대어 덮고서야 겨우 얼어 죽기를 면했던 사람"이다.

책만 읽는 멍청이, 간서치看書痴라고 놀리고 욕해도 기쁘게 받아들였다니 참으로 독특한 사람이 아닌가. 오로지 책 보는 것을 즐거움으로 여겨 춥거나 덥거나 주리거나 병들거나 전연 알지 못하였단다. 그는 글을 배운 뒤 스물한 살까지 단 하루도 책을 놓은 적이 없다고 한다. 세상의 모든 책을 다 읽겠다고 야망을 품었으니, 본인 말대로 간서치看書痴라 해도 손색이 없으리라.

그는 마치 기갈이 들린 사람처럼 책을 읽었다. 가난하여 책 살 돈이 없었기에 늘 남에게 빌려 보았다. 한 권 책을 얻으면 기뻐 이를 읽고, 또 중요한 부분을 베껴 적었다. 이렇게 읽은 책이 수만 권이었고, 파리 대가리만 한 작은 글씨로 베낀 책만 수백 권이었다.

[이덕무 청언소품 『한서 이불과 논어 병풍』, 열림원, 17쪽]

"기갈이 들린 사람처럼 책을 읽는 일", 참으로 가슴을 울리는 문장이다. 책을 읽다가 마음에 드는 문장도 기꺼운데 사로

잡은 문장을 베껴 쓰는 일 또한 얼마나 설레는 일인가. 무엇보다 간서치와 시공간을 초월한 만남에 전율이 흐른다. 책 속에서 보물을 찾은 듯한 희열을 경험해 보지 않은 사람은 모를 일이다.

과학 문명의 발전은 책을 뒷방지기로 내몬 격이다. 종이의 필요성을 못 느낄 정도로 나날이 전자기기는 발전하고 있잖은가. 심지어 학교도 필기구 없는 교육과 종이로 만든 책이 아닌 전자책을 이용하고 있다. 정녕 종이로 만든 책을 손에 쥔 독서와 필사는 옛말이 되었던가. 21세기 사람들은 시간과 장소 구분 없이 책보다 핸드폰을 더 많이 들여다보고, 독서보다 SNS에 오른 영상과 짧은 글을 즐긴다. 손으로 종이 위에 꾹꾹 눌러쓰던 필사 또한 컴퓨터 자판기를 두드려 글을 저장한다. 그가 살았던 시대와는 다르게 '책이 범람하는 시대'라고 해도 과언이 아니다. 내 책상에도 읽지 못한 책들이 수두룩하다. 책장에 진열된 책도 수천 권이다. 마음에 두지 않는 책은 연말 정산하듯 폐휴지로 전락할 날이 머지않다. 앞으로 독자가 없는, 아니 읽지도 않는 책을 펴내야 하는지에 대한 의문이 돌 지경이다.

간서치가 책에 집착한 데는 불편한 현실이 따른다. 서얼의 신분에 궁핍한 삶을 살았다. 그의 환경이 그의 전부라고 말할 수 있으랴. 자신이 품은바 욕망이 없던 것은 결코 아니리라.

이은희 불경스러운 언어

자신의 신분은 노력으론 어쩌지 못하는 세상이고, 그렇다고 책을 읽는다고 하여 딱히 써먹을 데가 있는 것도 아니다. 법을 어기며 부정한 짓을 할 위인도 못 된다. 이런 경우에는 신분을 비관하여 백수로 전락하거나 세월을 낚은 이가 많다. 하지만, 그는 처절한 가난과 숙명의 굴레를 천명으로 알고 견뎌 낸 것이다. 결국, 절망 속에서도 끊임없이 자신을 채찍질하고 갈고 닦아 자기 세계를 우뚝 세워 올린 사람이다. 간서치, 이덕무는 책에 관한 한 만고에 길이 남을 저서와 남다른 정신을 남겨 후인의 가슴을 흔들고 있다.

돌아보니 나 또한 책이 귀하던 시절엔 책을 더욱 가까이했던 것 같다. 형제 많은 집에 태어나 교과서를 대물림하며, 별도의 문학 전집을 사서 읽기란 여간 어려운 일이 아니다. 반면 과수원집 친구네는 문학 전집을 보란 듯 책장에 진열해 놓은 것이다. 책을 좋아하는 친정어머니를 핑계로 책을 한 권씩 빌려 보던 기억이 오롯이 남아있다. 백열등 아래서 밤새는 줄 모르고 문학 전집을 읽었던 시절이 그립다. 결핍은 때론 욕망(부족함)을 채우고자 수단과 방법을 가리지 않고, 나의 지적성장을 도왔다는 걸 무시할 수 없다. 간서치 또한 같은 맥락이 아닐까 싶다.

얼마 전 찾아뵌 87세 고령의 고모부님 필사본이 떠오른다. 내가 작가인 걸 절감하며 감사한 날이다. 남편의 고모님께서 아프시다는 소식을 듣고 댁에 들른 터이다. 대화를 나누던 중 고모부님께서 나의 수필집 『생각이 돌다』를 매일 필사했다며 필사본을 펼치신다. 나의 문장이 깨알같이 적힌 노트를 한 장씩 넘기다 가슴이 뭉클해진다. 한 치의 흐트러짐 없는 정갈한 글씨에 어떤 작가가 감동하지 않으랴.

집안에 교수와 박사 등이 났어도 작가는 내가 처음이란다. 이어 자랑스럽다는 말씀에 부끄러워 몸 둘 바를 모른다. 애독자가 수필집을 필사한 것을 받아 본 적은 있으나 집안 어른의 필사본은 처음이다. 순간 조정래 작가가 자신의 소설집을 아들과 며느리에게 필사를 권유했다는 기사가 떠오른다. 고모부님의 필사는 누군가 시킨 것이 아닌 당신의 마음에서 우러나온 필사가 아닌가. 이 감동을 누가 알랴. 저택을 뒤로하며 좋은 작품을 남겨야겠다는 자극과 흐트러진 마음을 다잡는다.

미셸 에켐 드 몽테뉴(1533~1592)는 "책은 언제나 대기 상태인 벗이다."라며 그는 서재에서 하루 대부분을 보낸다. 글을 좋아하는 벗과 대화하며 온종일 서재에서 지내는 것은 내 삶에서 아직 요원한 일이다. 자신이 좋아하는 것을 이루고자 월든 호숫가에 오두막을 짓고 2년 2개월간 혼자 살았던 헨리 데이비드 소로(1817~1862)처럼 내 안의 욕망을 끊을 수 있는 용기도 없다. 변명같이 들리겠지만, 아직은 월든 호숫가 숲속 비슷한 곳으로 갈 수 있는 처지도 못 되고, 간서치처럼 책에 미칠 수 있는 시간적 여유도 많지 않다. 그저 그들이 취한 고아한 정취를 비스름하게 흉내 낼 수밖에 없다. 그러던 차에 금속 작가를 만나 궁리 끝에 아파트 2층으로 오르는 계단을 자작나무 숲처럼 꾸민다.

세파에 지친 심신을 위로하는 데는 역시 숲길 걷기와 독서가 제일이다. 자작나무 숲길을 거닐며 숲의 정령과 나무의 기운을 만나는 듯 새롭다. 늦가을 숲속 나무들이 옷을 벗느라 수런거리는 소리가 들리는 것 같고, 어떤 날은 헐벗은 자작나무가 가슴 시리게 느껴질 때도 있다. 무뎌진 감성을 조율하는 숲과 책이 있는 서재가 있어 다행이다. 오늘처럼 간서치가 몹시 그리운 날엔, 열 일 제쳐두고 느리게 자작나무 숲을 지나 서재로 향한다.

완물상지 경계를 넘은 문장가

- 유득공 산문선 『누가 알아주랴』

삼복더위에 산성을 돌아보는 '서서 하는 문화기행'을 추진
하였다. 상당산성은 천년 고도의 위용을 자랑하는 청주의 대
표적 문화유적지. 참가자는 지역민이다. 그들은 산성을 수시
로 찾았지만, 정작 산성의 내력을 몰랐다고 말한다. 현재 성
곽을 돌고 있는 시민들은 산성이 역사적으로 의미가 깊은 장
소라는 걸 얼마나 알고 있을까. 내가 몸담은 고장의 문화와
역사를 스스로 알려고 하지 않는다면, 죽을 때까지 모르고 사
라지리라. 우선 당신이 밟고 서 있는 성곽의 기록을 찾아보길
원한다. 기록이 남아있는 한 자신의 정체성을 알게 되고 후대
로 이어지리라 본다.

시대를 초월하여 문자나 기호, 사진 등의 기록이 중요하다.
기록이 없었다면, 후인은 역사와 문화를 알고 싶어도 알 수
없는 노릇이다. 선사시대나 삼국을 통일한 신라에 치여 백제
나 가야의 기록이 별로 없어 유물이 출토되어도 논란이 크다

는 기사를 보며 안타까운 심정이다. 이 분야로 밥벌이하는 사람들은 시대 구분에 공방전이 크리라. 일반인은 대부분 전통 문화유산에 관심이 없고, 그나마 관심 있는 사람이나 유적지를 찾아보리라. 기행을 다녀온 후에 적은 관람기도 훗날 기록 문화유산으로 남는다는 걸 잊지 않기를 바란다.

일상의 기록은 중요하다. 그럼에 유득공柳得恭(1748~1807)이 남긴 '일성록'이란 글도 의미가 있다. 그는 『발해고』의 저자이자 조선 후기 실학자, 규장각 4검서, 백탑파와 사가시인의 한 사람으로 알려진다. 특히, 발해의 역사와 문화를 엮은 역사서 『발해고』(1784년)는 유득공 학문의 깊이와 사상을 규명하는데 중요한 저서다. 서문에 "고려시대의 역사가들이 통일신라를 남조로, 발해를 북조로 하는 국사 체계를 세우지 않았던 것이 영원히 옛 땅을 되찾는 명분을 잃게 하였다."라고 주장하는 유득공에 시공간을 초월하여 공감을 보내는 문인의 한 사람이다.

성상(정조)이 즉위한 이후 내각(규장각)이 『일성록』을 대신 엮는데, 매일 입직入直 검서관이 승정원의 문서를 가지고 강綱과 목目으로 정리하여 문장을 깎고 사건을 빠짐없이 서술하면 각신閣臣이 다듬어서 5일 치 기록을 한 권씩으로 만들어 정리해서 필사하여 올렸다. 어제御製로서 사류史類를 겸한 것이니, 그 일이 특별히 중요하다.

[유득공 산문선 『누가 알아주랴』 「일성록日省錄」, 태학사, 49쪽]

정조는 각종 기록을 집대성하는 데 노력을 기울인 임금이다. 정조시대는 가히 '문헌의 시대'라 이를 만하다. '정조가 양성한 초계문신들이 일성록 편찬에 간여한바', 유득공도 검서관으로 참여한 사실을 글로 남긴다. 정조는 어린 시절부터 일기를 쓴 것으로 유명하다. 정조 5년까지는 국왕 개인의 일기지만, 그 이후부터는 규장각 각신들에게 매일 쓰게 하여 국가의 공식적인 기록이 된다. '하루를 반성한 기록'이란 뜻의 일성록日省錄(국보 제153호) 원본은 서울대 규장각 한국학연구원이 보관 중이다.

유득공도 남다른 문장가이자 완물상지의 경계를 넘는다. 우리나라 문학·예술·역사·지리·풍속·언어 등 문화 전반을 다룬 잡록 역사 『고운당필기』를 펴낼 정도이다. 글 중에 물고기 '북어'의 생김새와 맛, 활용과 이로움을 표현한 리얼한 묘사에 꽂힌다. '어상들이 산골짝에서 재갈을 나란히 방울 소리 울리며 끝없이 이어져 끊이지 않는 고기'이자 '전국 점방에서 시골 촌구석까지 반찬과 안주 및 손님 접대, 제사상까지 오르는' 것이 북어란다. 이 글을 읽고 있으면 '북어'는 참으로 위대하다. 생선이란 이름을 달고 전국 사방팔방 속속들이 그의 이름을 모르는 이가 없으랴.

한 지역에서 생산되어 팔도八道에 두루 퍼지는 것은 북해北海의 명태明太가 바로 그것이다. 이 고기는 이름이 지극히 많은데, '북어'라 하는 것은 길쭉한 키, 가는 비늘에 옅은 검은 색이다. 얼린 것이 맛이 좋고 반쯤 말린 것도 좋은데, 오래 말리면 맛이 점점 못해진다. 알은 소금에 절일 수가 있는데, 이른바 '명란明卵'이라는 것이다. 어상漁商들이 덕원德源의 원산圓山에 모여들어 심바리가 남쪽으로 향하는데, 철령鐵嶺 이남의 산골짝에서 재갈을 나란히 방울소리 울리며 끝없이 이어져서 끊이지 않는 것이 모두 이 고기다. 전국 점방店房에서의 반찬이며 안주 및 시골 촌 구석에서 손님 접대며 제사에서 이 고기를 쓰지 않을 때가 없으니, 그 유익함이야말로 넓기도 하다.

[유득공 산문선 『누가 알아주랴』 「북어北魚」, 태학사, 105쪽]

유득공의 『고운당필기』에 오른 「북어」를 읽다 우리나라 최초의 해양생물 백과사전 격인 『자산어보』가 떠올라 책장을 붙들고 있다.

시나 산문을 쓰기 위하여 방구석 사유도 필요하지만, 무엇보다 산 경험이 제일 중요하다. 필자도 보고 싶은 대상을 미뭐두는 성품이 못 된다. 영화 『자산어보』를 보고자 영화관을 찾아가니 관람객이 한 명도 없다. 코로나 덕분에 대갓집 안방을 독차지한 듯 영화를 보았다. 학자 집안의 두 형제는 역시나 남다르다. 다산의 형인 정약전도 바라보는 시선이 독특하다. 어부의 손에 거쳐 가는 물고기를 그냥 보아 넘기지 않고 톺아본다. 어부에게 물고기 이름과 생태를 물어 상세히 기록하기 시작한다. 어부도 아닌 사람이 진짜 어부보다 물고기에 해박한 주민으로 거듭나는 순간이다. 흑산도 유배지에서 바다 생물의 박물지 『자산어보』란 귀한 저서를 남기고 이승을 떠난다.

유득공의 글은 소재가 다양하다. '시 땜장이'란 제목이 흥미로워 단숨에 읽은 작품이다. 서얼 출신의 검서관의 같은 처지인 이덕무가 등장하는 글이다. 문장가가 만인의 '땜장이' 정도면, 아마도 교정의 달인이리라. 책장을 펼치면 잘못 표기된 문장에 눈으로 밑줄이 좍좍 쳐지고, 군더더기, 띄어쓰기 오류, 오탈자 등이 시선에 들리라. 문인이라면, 이 정도는 되어야 하시 않을까 싶다.

작고한 벗 이무관李懋官은 참으로 한 시대 문단의 으뜸이었다. 나로 그릇되게 명성이 있어서 새로 배우는 후배들이 시와 문장

이은희 불경스러운 언어

을 가지고 와서 고쳐주기를 청하는 자가 꽤 있었다. 하루는 무
관이 붓을 내던지고 한숨을 쉬며 나에게 말하기를

　서울에는 온갖 물건마다 모두 땜장이가 있네. 부서진 소반,
부서진 냄비나 떨어진 신, 해진 망건을 잘 고치며 넉넉히 생계
를 꾸려나갈 수가 있지. 나나 자넨 늙은 데다 글솜씨마저 거칠
어졌네. 어찌 가만 앉아서 굶주리기를 기다릴 수가 있겠나. 붓
하나 먹 하나 끼고 필운대·삼청동 사이를 다니면서

　'파시破詩 떼워!'
하여, 서로 크게 웃었다.

　[유득공 산문선『누가 알아주랴』, 「시 땜장이補破詩匠」, 태학사, 149–150쪽]

　이 글은 현실을 우스갯소리로 적고 있지만, 서얼 출신에 애
환의 삶이 서린 글이다. 손가락에 얼음이 배도록 책을 필사한
값으로 양식을 들였다는 이덕무의 글이나, '파시 떼워' 시를
교정해주는 일을 생계 수단으로 삼았다는 말과 무엇이 다르
랴. 붓 하나 먹 하나 끼고 좁은 골목을 돌며 '파시破詩 떼워!'라
고 두부 장수처럼 큰소리로 호객행위 할 정도면 문장가의 한
면모를 갖추었다고 본다. 고려 중기 이규보 문인도 "다른 사
람의 시에 드러난 결점을 말해주는 일은 부모가 자식의 흠을
지적해주는 일과 같다."고 하였다.
　자신의 문장을 고쳐 달라고 내미는 문인은 그나마 다행이

다. 동인지 주간을 맡아 보던 시절, 자신의 글이 최고인 양 건들지도 못하게 하는 사람도 있다. 지면에 글이 발표되고 나면 영원히 교정할 수가 없다. 작가라면, 적어도 모국어를 바르게 쓰고 기본에 충실해야만 하리라. 또한, 완물상지의 경계를 넘은 유득공처럼 다양한 분야로 독창적이고 개성적인 작품을 낳아야 한다. 부디 선배 문인의 글을 징검돌 삼아 뚜벅뚜벅 걸어가길 원한다.

이은희 불경스러운 언어

걸어 다니는 서점, 책쾌

독자와 첫 만남의 자리이다. 고문화 향기가 흐르는 박물관에서 북콘서트를 준비한다. 심금을 울리는 가야금 연주를 들으며 작품세계를 알리고 싶어서다. 무엇보다 나의 책이니 어느 책보다 진정성 어린 이야기로 말하리라 본다. 하지만, 대중 앞에서 퍼스널 쇼퍼처럼 자신의 책을 소개하는 것이 어디 쉬운 일이랴. 골방에 앉아 글 쓰는 작업이 쉬운 일임을 온몸으로 절감한 날이다.

북콘서트 준비도 글쓰기처럼 온 정성을 기울여야만 한다. 팸플릿 도안에서 프로그램 구성까지 손이 가지 않은 부분이 없다. 국내 내로라하는 작가가 북콘서트를 하는 걸 들은 적 있으나, 한 번도 참여한 적은 없다. 또한, 이런 행사를 지역에선 찾아보기 어렵고, 대도시까지 찾아갈 시간적 여유도 없다면 핑계일까. 여하튼 북콘서트를 열게 된 시초는 지인들의 지극한 관심과 사랑 덕분이다. 출간 소식을 들은 지인은 자기

일처럼 기뻐하며 발 벗고 나서서 장소 섭외도 하고, 여러분의 도움으로 큰 행사를 벌이게 된 것이다. 평소 자주 오르던 박물관에서 북콘서트를 열어 독자와 행복했으니 내 어찌 그날을 잊을 수 있으랴.

우리는 책이 홍수처럼 쏟아지는 시대에 머물고 있다. 거기에 나도 책을 한 권 더 보탠 격인가. 한 달에 여러 권의 책이 전달되는데, 그 책을 처음부터 끝까지 정독하지 못함에 마음이 편치 못하다. 작가의 노고에 진심으로 위로할 뿐이다. 작가가 한 권의 책을 출간하기까지 수없이 느꼈을 고뇌와 무수한 퇴고의 과정을 떠올린다. 정녕코 책은 귀하게 대접받아야만 한다. 하지만, 책이 만들어지기까지 과정을 망각하고 머리 기사만 읽고 버리는 신문처럼 구석에 쌓아둔다. 인쇄술이 발전되지 않은, 종이가 귀한 시대로 돌아가면, 책을 받아드는 자세도 바뀌려는가.

책을 온전히 품은 사나이의 이야기이다. 다산이 전하는 조신선은 책 거간꾼, 책쾌이다. 그는 스스로 "천하에 내가 모르는 책이 없으니 세상의 모든 책이 내 것인 셈이다. 나라님께서 아무리 책을 불태워도 책쾌가 있는 한 책은 영원할 것이다."라고 말할 정도로 책에 관한 한 모르는 것이 없는 사람이다. 비범한 용모와 탁월한 말솜씨에 해박한 지식의 소유자이다. 누가 어떤 책을 가졌는지 알고 있고, 독자의 취향에 따라 책을 추천한다. 책에 대한 애정으로 조선 팔도를 누비며 활동한, 직업에 대한 사명감과 열정이 넘치는 사람이 틀림없다.

조선은 지식이 권력이 되었던 시대이다. 그 시절은 책을 사려는 사람은 많고, 책을 유통하는 서점은 변변치 않아 책이 귀하던 시절이다. 책을 구하려는 양반은 전국을 돌아다니며, 책을 사고파는 이들을 찾아가야만 한다. 그 번거로움을 수고한 자가 바로 '책쾌'이다. 조신선은 책에 관한 수준 높은 지식인이자, '책의 신선'이라고 부를 정도의 선인이다. 책쾌, 그들은 조선 지식인에게 학문적 성장에 큰 도움을 주었다.

'책' 읽기에 관하여 하늘 아래 서러운 자가 어디 한 둘이랴. 스스로 '책만 읽는 바보'라 자칭한 간서치看書癡 이덕무(1741~1793)가 있다. 또한, '노력하는 자가 성공한다.'라는 본보기가 된 다독 시인 백곡 김득신(1604~1684)이 존재한다. 조선 중기 대표 문인인 김득신은 어릴 적 천연두를 앓아 바보에 가까운 둔재가 된 자이다. 모든 것이 늦어 열 살에 겨우 글자를 깨치고 스무 살에 비로소 글 한 편을 짓는다. 김득신은 일반인을 따라잡고자 남들보다 죽도록 책을 읽지 않으면 안 되는 사람이었다. 1만 번 이상 읽은 책이 36권, 『사기』의 제61권 「백이열전伯夷列傳」을 11만 3천 번을 읽었을 정도라니 대단한 독서

량이다.

그가 하루는 말을 타고 가며 글을 외다가 말문이 막혀 버리자 말고삐를 잡고 가던 하인이 얼른 외워 주었다. 주인의 책 외는 소리를 하도 많이 들어 그도 외고 있었던 것이다. 머쓱해진 김득신이 말에서 내려 고삐를 잡고 대신 하인을 말에 태웠다는 일화이다. 머리가 나쁘기로 유명했던 그가, 당대의 한문 사대가로 불리는 이식李植(1584~1647)에 '그대의 시문이 당금의 제일'이라는 평을 들을 수 있었던 것도 책 읽기의 성과이리라. 자신의 부족함을 채우고자 노력한 백곡은 오죽하면, 그의 서재 이름을 억만재億萬齋라고 하였으랴. 59세에 문과 급제하여 당대에 인정받는 독자적 시 세계를 이룬다. 그는 많은 시를 남겼고, 자신의 묘비명에 이런 글귀를 남겼다.

재주가 남만 못하다 스스로 한계를 짓지 말라. 나보다 어리석고 둔한 사람도 없겠지만 결국에는 이룸이 있었다. 모든 것을 힘쓰는 데 달려있을 따름이다.

[김득신 묘비명]

정녕 '사람은 책을 만들고 책은 사람을 만든다.' 바로 백곡이 그 증거이다. 책은 우리에게 삶의 가치관을 바로 세우고, 상상력과 오감을 충족시키는 정신문화의 결정체이다. '꽃향기

이은희 불경스러운 언어

는 백 리를 가고, 술 향기는 천 리를 가며, 사람 향기는 만
리를 간다(花香百里 酒香千里 人香萬里)'라고 했던가. 그 인향人香
의 싹이 책향冊香에서 나온다.

이쯤 되면, 우리는 왜 서점을 세우지 않았을까가 의문이 든
다. 책을 찾아보니 '조선 후기 시작될 때까지 책은 물물교환이
나 시장 좌판의 신세를 벗어나지 못한 것으로 보인다.'라고 적
고 있다. 조선의 지식인들이 목말라하며 가고 싶어 한 서점가,
당대 동아시아의 메카였다고 말하는 북경의 유리창이다. 고서
점이 빼곡히 들어선 유리창을 다녀와서는 호들갑스럽게 적고
있지 않던가. 그런데도 서사를 설치하자는 논의는 조선 중종
대에 와서 비로소 등장한다.

만약 서점을 세운다면 팔고 싶은 사람은 팔고, 사고 싶은 사
람은 살 것이므로 유생들이 한 가지 서책을 다 읽고 나서는 그
책을 팔아 다른 책을 사서 읽을 수 있게 됩니다. 조상 때부터
전해오는 서책을 어떻게 파느냐고 하는데, 그러나 묶어서 높이
쌓아두기만 하고 한 번도 펼쳐서 읽지 않아 좀만 먹는다면 무슨
유익함이 있겠습니까?

[이민희 『조선을 훔친 위험한 책들』, 글항아리, 41쪽]

어득강魚得江(1470~1550)이 임금에게 서점의 필요성을 주장한 글이다. "그의 말은 혼자만의 생각이 아니라 독서와 지식에 목마른 가난한 선비들의 마음이었다." 그러나 조선은 지식이 권력인 시대란다. 아는 것이 권력이라니… 그러니 쉽게 허락하겠는가. 자신들도 북경의 고서점가를 누리길 원하면서 참으로 아이러니한 이야기가 아닌가 싶다. 어득강 생존에는 그의 꿈이 실현되지 못했다. 그러나 "10년이 걸리든 100년이 걸리든 서사는 반드시 설치해야 합니다."라고 강력하게 주장한 그를, 서사 문제로 자질이 부족하다고 문제 삼아 파직한다. 어득강은 참으로 미래를 볼 줄 아는 혜안이 있는 위인이다.

이은희 불경스러운 언어

21세기는 걸어 다니는 서점이 손안에 있다. 언제 어디서나 책을 팔고 사고, 읽을 수 있는 인터넷 쇼핑이 가능한 핸드폰이 그것이다. 사람과 세상을 잇는 소통의 공간인 서점도 다양하다. 책이 주인공인 복합 문화 공간도 여럿이고, 자기만의 색깔로 성장 중인 독립 출판 서점과 동네 책방들. 책 제작 체험 공간의 등장 등 책의 다양한 모습을 보여준다. '책의 종말'을 단언하는 말들이 무색할 지경이다. 책에 극진한 관심만 있으면, 어디서든 다양한 책을 읽어 삶의 지혜와 지식을 두루 갖출 수 있다. 또한, 원하는 책을 저렴하게 소유할 수도 있다.

어찌 보면, 책값은 효용에 가치 비하여 저렴하다. 작가가 밤낮으로 골머리를 앓고 탄생한 작품의 대가치고는 헐값이다.

북콘서트를 진행하며 책에 관한 생각이 깊어진다. 작가의 작품세계와 저서를 알리는 일 또한 책쾌의 다른 모습이 아닐까 싶다. 요즘은 글만 잘 쓴다고 책이 팔리는 시대가 아니다. 낡은 관념은 버려야만 하리라. 작가도 대중 앞에 나서서 자신의 책을 홍보하며 걸어 다니는 서점이 되어야 한다. 독자도 시대 흐름을 제대로 읽고 자신만의 독서 환경을 만들어야 한다. 과학 문명이 아무리 발전해도, 사람의 마음을 온전히 사로잡을 순 없다.

인터넷은 모든 정보를 시각화한다. 시각을 우선시하는 경향은 인간의 감성을 죽이는 건 아닌가 싶다. 까만 글씨로 도배한 종이책을 누가 읽느냐는 것이다. 소설 같은 긴 글 읽기를 싫어하고, 세 줄짜리 짧은 글이 성행이라니 작가는 고민이 아닐 수가 없다. 나 또한 시대 흐름을 읽고 포토에세이집을 출간한 수필집이 다섯 권이다. 정녕코 시대가 원하는 작가가 되려면, 다재다능하든가 다른 부문 예술가와 콜라보로 책을 출간해야만 할 것 같다.

요즘은 책상에 고요히 앉아 생각할 여지를 주지 않는다. 놀이나 체험 위주의 날것이 대세인 세상이다. 일부러라도 서재에 칩거하는 수밖에 없다. 책도 책 나름이다. 핸드폰으로 전자책을 읽어 보지만, 종이의 질감도 없고 상상력도 예전만 못하다. 무엇보다 인향을 부르는 책향을 느낄 수가 없다. 역시 나무의 질감이 느껴지는 책이 좋다. 평소 아껴두었던 책을 탐독하다 좋은 문장에 연필로 밑줄 긋는다. 그것도 아쉬워 지인에게 문자로 적어 띄운다. 감흥이 사라지기 전에 나누고 싶은 아날로그 책쾌의 마음이다.

인간 박물지, 청장관

– 이덕무 『이목구심서』

인간 박물지라 해도 손색없는 대방가大方家이다. 우주 만물을 꿰뚫어 보며 새로운 문명을 그리워한 사내. '책'하면 제일 먼저 떠오르는 지식인이자, 정조가 인정한 대문장가 이덕무(1741~1793)다. 자신이 할 수 있는 일이 고작 글을 쓰거나 책을 보는 일밖에 없었다고 적은 간서치. 서얼 출신으로 시대를 온전히 살아가려면, 겸손할 수밖에 없는 현실이었으리라. 관습과 제도에 손발이 묶였으니 무엇을 할 수 있었으랴. 불우한 환경을 극복하고 세기에 나올까 말까 한 독보적인 인물을 어찌 '책만 보는 바보' 간서치看書痴라고 놀리겠는가. 이덕무 마니아인 후인은 그의 문장을 영혼의 양식으로 삼다 졸눌한 글을 쓰고야 만다.

그는 눈에 보이고 귀로 들은 건 글로 써야만 직성이 풀리는 위인이다. 후인은 덕분에 그의 생활상과 문화를 눈앞에서 보

는 듯하다. 고문을 즐겨 쓰던 시대에 소품을 남긴 분이니 앞
서가는 이가 분명하다. 간서치의 남다른 정신을 우리가 닮고
배워야 할 자세가 아닌가 싶다. 시공간을 뛰어넘어 나의 가슴
을 시시때때로 울리는 사람이다. 그의 저서를 접하면 접할수
록, 같은 문장을 거듭 읊조려도 새롭게 읽은 듯 감동의 여운
으로 신열이 오른다. 지금 내가 제일 아쉬운 건, 고전연구가
되지 않은 것이다. 남의 번역본을 의지하여 고문을 탐독하니,
문장가가 그린 느낌을 제대로 전이되었는지도 의문이다.

그나마 다행인가. 정민, 안대회, 한정주, 조윤제 같은 한학
자와 고전연구가 없었다면, 어찌 18, 19세기의 지식인 이덕
무, 박지원, 박제가, 유득공, 홍대용, 정약용 등의 문장을 접
할 수 있었으랴. 인류 역사에 거대한 족적을 남긴 철학자이
자, 사상가이며 문장가들을 이토록 쉽게 만날 수 없었으리라.
가고 싶은 문학의 길에 디딤돌을 놓아주어 더없이 고마운 분
들이다. 시공간을 초월하여 선인과 마주하니 밥을 먹지 않아
도 배가 부르고 절로 정신이 충만해지는 느낌이다. 이 뿌듯한
감정을 어찌 말로 다 하랴.

이덕무는 연암이 지은 『담연정기澹然亭記』를 읽고 '청장青莊'
이란 뜻이 인상 깊어 자신의 호를 청장관青莊館으로 바꾼다.
"청장은 해오라기의 별명이다. 강이나 호수에 살면서 먹이를
뒤쫓지 아니하고 제 앞에 지나가는 고기만 쪼아 먹기 때문에

신천옹信天翁이라고 부른다. 이덕무가 스스로 호로 삼은 것은 까닭은 이런 이유에서다."라고 연암은 적는다. 훗날 이덕무가 53세로 생을 다하자 정조가 명 내려 그의 일대기를 쓰는데 실제 이덕무의 삶의 방식과 철학은 해오라기 생태 습성과 매우 닮았다고 한다. 다른 이들처럼 먹이에 대한 탐욕과 눈이 어두워 이리저리 부화뇌동附和雷同하지 않은 그는, 해오라기와 매화를 평생의 벗으로 삼았단다.

이덕무는 여성보다 더욱 섬세한 필체로 우주 만물을 톺아본다. 그는 일상에서 만난 대상들을 관찰하여 자연과 인간이 살아가는 섭리를 밝혀 그의 저서 『선귤당농소』와 『이목구심서』에 적었다. 세상에 존재하는 모든 만물은 존재 이유와 가치를 갖고 있단다. 그리고 세상 어떤 것도 더 우월하거나 열등하지 않다고 말한다. 벌레든, 곤충이든, 식물이든, 동물이든 생명이 서린 우주 만물을 마주하는 자세에 관하여 「소소한 것들의 조화」를 통하여 알리라.

만 마리의 개미 떼가 진陳을 이루고 행진할 때 깃발과 북소리를 빌리지 않아도 절도가 있고 격식이 잡혀 저절로 정비되어 있다. 천 마리 벌의 방은 기둥과 들보에 의지하지 않아도 칸과 칸 사이의 간격이 저절로 균등하다. 이 모두가 지극히 세밀하고 지극히 미미한 것이지만 제각각 그 속에는 끝을 알 수 없는 지극히 오묘하고 지극히 변화하는 만물의 원리가 담겨 있다. 무릇 하늘과 땅 사이의 높고 넓은 것과 고금의 오고 가는 것을 관찰하면, 장관이고 기이하지 않은 것이 없다. [이덕무 『이목구심서』「소소한 것들의 조화」, 한정주 역 『문장의 온도』, 다산초당, 53쪽]

아마도 청장관의 「눈과 서리의 모양」을 접한 후인가 보다. 베란다를 들락거리다 천일염을 담아 둔 검은 항아리가 눈에 들어온다. 항아리 표면이 서리가 내린 듯 하얗다. 가까이 가야만 보이는 작디작은 세 갈래형 입자 크기의 문양이다. 입자가 눈이나 서리처럼 단단한 입자는 아니다. 그렇다고 여섯 모의 형태를 닮았는가는 현미경으로 봐야만 알 수 있을 것 같다. 그러다 입자를 손으로 더듬어 혀로 가져가니 짠맛이다. 나의 알량한 지식은 항아리의 통기성에 달한다. 소금을 품은 검은 항아리는 신기하게도 표면에 기하학적 무늬로 염분이 나타난다. 이덕무가 말한 관찰의 힘이다.

세상 사람들은 단지 눈이 여섯 모인 줄 알고 있을 뿐 서리 역시 여섯 모라는 것을 알지 못한다. 내가 어느 청명한 아침에 자세하게 살펴보았더니 서리에 여섯 모가 난 것이 마치 거북등 무늬처럼 매우 고르고 반듯했다. 다만 세밀하게 조각한 것과 같이 정교한 모양의 눈에는 미치지 못했다. 비로소 눈과 서리는

모두 수분이 차가운 기운을 만나서 응고될 때 뾰족하고 날카로
운 쇠와 나무의 형상을 이루게 되었다는 사실을 알게 되었다.

[이덕무 『이목구심서』 「눈과 서리의 모양」, 한정주 역 『문장의 온도』, 다산초당, 108쪽]

　괴산군 칠성면에 혼자 놀기를 잘하는 나무 인형 작가를 알
고 있다. 그는 손수 순무 김치도 담그고, 조리법을 사진으로
찍어 공개하기도 한다. 자신에게 떠오른 생각대로 작품을 만
들고, 생각나는 대로 즉석에서 그림을 그린다. 무엇보다 한명
철 작가님에게 쓸모없는 물건은 하나도 없다. 길을 걷다가 거
리에서 주운 음료수 캔 통도 작품으로 빚어내는 훌륭한 감각
과 재주가 있다. 페이스북에서 바라본 그는 하루도 빠짐없이
생활 속 사유를 글로 남긴다. 그렇게 매일 당신만의 세상에서
한유함을 즐긴다. 그가 바로, 이덕무처럼 '혼자 노는 즐거움'
을 깨우친 지식인이 아니랴. 나 또한, 부지런히 그 즐거움을
눈여겨 배우고 따라가는 중이다.

　눈 오는 새벽이나 비 오는 밤에 좋은 벗이 오지 않는다. 누구
와 더불어 이야기할까? 시험 삼아 내 입으로 글을 읽으니 듣는
이 나의 귀뿐이다. 내 팔로 글씨를 쓰니 구경하는 이 나의 눈뿐
이다. 내가 나를 벗으로 삼았구나. 다시 무슨 원망이 있겠는가?

[이덕무 『선귤당농소』 「혼자 노는 즐거움」, 한정주 역 『문장의 온도』, 다산초당, 240쪽]

김수영 시인은 죽음을 맞기 두 달 전에 '글을 쓴다는 것'에 대하여 이렇게 말하였다. "시작詩作은 '머리'로 하는 것이 아니고, '심장'으로 하는 것도 아니고, '몸'으로 하는 것이다. '온몸'으로 밀고 나가는 것이다."라고. 이덕무 또한, "문장이란 골수에 스며들어야 좋다."고 하였다. 그러니 글을 어떻게 머리와 가슴으로만 쓸 수 있으랴. 머리로 짜깁기해놓은 글은 어딘가 허술하고 감정이 빠진 듯 어설프다. 문장을 내 안에서 삭히고 삭혀 골수가 스밀 때까지 써야만 한다. 치열하게 책을 다독하고 끊임없이 탐구하며 기록해야만 한다. 또한, 문장 수련은 끝이 없는 법, 수없이 사유하고 퇴고하는 수밖에 없다. 당신이 뭐라도 쓰고 싶어 참을 수 없고, 무언가 쓰고 싶어 안달이 난다면, 진정성 어린 글로 술술 써지리라.

여러 사람의 입술과 혀에서 나와 서로 부딪치고 찔러서 소리가 나는 것은 형태가 없는 글이다. 여러 종이와 먹으로 드러내 바르고 가지런하거나 들쭉날쭉하기도 한 것은 형태가 있는 말이다. 수염과 눈썹과 치아와 두 뺨이 기쁘고 즐겁게 접촉할 수 있어서 간과 허파가 서로 통해 막힘이 없는 것은 글이 말만 못하다. 그러나 정신과 뜻과 생각을 남모르게 구할 수 있어서 기맥氣脈이 아주 뚜렷하게 통하는 것은 말이 글만 못하다. 그런데 말은 문채가 없어서 한 번 입에서 내뱉게 되면 이미 흔적이 없어져

버린다. 이러한 까닭에 글이 귀중하다는 것이다. [이덕무 『이목
구심서 2』 「온몸으로 쓰는 글」, 한정주 역 『문장의 온도』, 다산초당, 299쪽]

그는 '문장과 학술에 두루 뛰어난 대방가大方家'이다. 뜻이
크고 높은 사람임을 저서에서 드러난다. 이덕무는 '가장 빛나
는 것들은 언제나 일상 속에 있다.'라고 위무한다. 코로나19
에 지친 후인은 그의 문장으로 위로받는다. 거리두기로 바깥
일을 제대로 못 하는 요즘 집안에서 무엇을 하며 시간을 보내
겠는가. 책을 보고 영화도 보며 여느 때보다 가족과 함께하는
시간이 많아진다. 어쩌면, 날 것 그대로의 삶에서 본연의 자
세로 돌아가기 위한 격리가 아닐까 싶다. 창밖을 보니 어스름
저녁에 묻힌 겨울나무가 도드라져 보인다. 어느 시인의 말처
럼 나뭇잎도 떨어지고 '마음도 떼어 버리고, 문패도 내린' 깡
마른 체구, 이덕무의 형상이 겹쳐 보인다.

작품은 개인의 뿌리에서 피는 꽃

- 이태준 산문선 「남행열차」

바닥에 놓인 책이 탑처럼 높아진다. 한해의 끝 무렵으로 갈수록 책은 더욱 늘어나 누적되리라. 복층 아파트로 이사 온지 어느새 칠 년, 서재 빈 벽이 없을 정도로 책으로 도배하고 있다. 사모님은 앞으로 이사하지 말라는 이삿짐센터 일꾼의 당부 어린 말이 떠오르는 순간이다. 2층 서재로 수많은 책을 옮기며 힘겨움을 토로한 것이다. 그나마 책을 한 트럭 정도 여기저기 나누고, 3천여 권을 이삿짐으로 묶었다.

책 욕심이 많은 필자는 책장에 책을 보기 좋게 분류하느라 오십견으로 일 년을 고생했다. 이쯤 되면, 책을 책으로만 볼 일은 아니다.

과연 책장에 켜켜이 쌓인 책을 몇 번이나 펼쳐볼 것인가. 아마도 나의 선택을 받는 책은 극소수이리라. 그래서 일 년에 한 번은 연말정산 하듯 책을 정리해야만 한다. 책을 지인이나 원하는 곳에 나눈다. 요즘은 도서관도 책을 원하지 않는다. 무엇보다 출간이 쉬운 21세기 사람들은 특히, 작가라면 대부분 나와 같은 상황에 직면하리라. 문인들끼리 출간한 책을 의식처럼 나누고, 연재물을 쓰느라 책을 사들이고, 정기구독하는 월간 계간지까지 보태니 책이 늘어날 수밖에 없다. 내가 머무는 21세기는 책이 홍수처럼 밀려드는 시대이다. 책이 귀한 시절 거간꾼인 조신선이 본다면, 기막힌 상황이다.

책을 '제왕'처럼 여기던 시절이 있었다. 가난한 문인은 책이 귀하여 손가락에 동상이 베이도록 필사하였단다. 필사본을 정독하고 음미하며, 애지중지 문인들과 돌려 보던 시대를 상상해본다. 새로운 책이 어느 집에 있는지 두루 알고 찾아가 책을 꽃처럼 반기고, 천사처럼 반기는 거간꾼의 이야기가 후인의 심중을 울린다.

책을 "인공으로 된 모든 문화물 가운데 꽃이요 천사요 또한 제왕"으로 적었던 상허 이태준(1904~?)의 글을 음미하며 책의 의미를 다시금 되짚어 보는 시간이다.

책冊만은 '책'보다 '冊'으로 쓰고 싶다. '책'보다 '冊'이 더 아름답고 '冊'답다.

책은 읽는 것인가? 보는 것인가? 어루만지는 것인가? 하면 다 되는 것이 책이다. 책은 읽기만 하는 것이라면 그건 책에게 너무 가혹하고 원시적인 평가다.

[이태준 산문선 『책冊』, 태학사, 177쪽]

" '책'보다 '冊'이 더 아름답고 '冊'답다."라는 문장은 감각적
문체이다. 그의 말대로 18, 19세기 조선의 사대부들에겐 책은
아이들의 소중한 장난감처럼 읽고 보고 어루만지는 물상이리
라. 하지만, 20세기로 거슬러 올라 부잣집 집안 고급 책장에
장식용으로 진열된 책은 예외일 것 같다. 가난한 선비는 책을
이불로, 병풍으로 애용한다는 비유도 있었다. 내가 바라본 책
의 현실은 어떠한가. 영화 속이나 자취생들에겐 라면이 팔팔
끓는 양은냄비 깔개로, 만인의 끼니를 해결 도구로 전락하였
던가. 요즘 초등생들은 '교과서는 책이 아니다.'라고 언명하는
데, 유년 시절 구순이 넘은 친할머니에게도 교과서는 책이 아
니었다. 잠깐 방심한 틈에 교과서가 화장실 밑씻개로 전락한
일도 있다. 인간에게 책은 어떤 식으로든 생활 속 깊숙이 들
어가 밥이 아니더라도 일용할 양식이 된 물질이 분명하다. 정
녕 "책은 읽기만 하는 것이라면, 너무 가혹하고 원시적인 평
가"라는 상허의 말이 유효하다.

　상허는 책에 관하여 '서점에서 늘 급진파, 우선 소유하고'
본단다. 필자 또한, 서점에서 빈손으로 나온 적이 없다. 시간
이 나면, 온라인이든 오프라인이든 서점을 산책하길 좋아한

이은희 불경스러운 언어

다. 오프라인 서점을 서성이며 손의 촉감, 책의 질감을 느끼고 싶어 한다. 특히, 작가의 개성이 드러나는 책 겉표지의 문양을 톺아보길 좋아한다. 내용과 따로 노는 겉표지도 있고, 아주 세련되게 제작된 표지도 보인다. 마음에 드는 표지는 사진으로 담아둔다. 그리 보면, 나만의 소중한 책을 만들고자 정성을 쏟는 관심과 애정, 그리고 문우의 정情은 예전 문인들이 훨씬 높은 것 같다.

근대기의 아름다운 책을 바라본다. 누렇게 바랜 책의 겉표지는 저자가 손수 그린 그림도 있지만, 대부분 그 시대에 내로라하는 화가가 그린 표지화가 많다. 미술과 문학의 합작품이라 더욱 돋보이는가. 화가는 책 내용을 음미하고 거기에 조응하는 핵심을 산출하느라 골치를 앓았으리라. 어디 그뿐이랴. 저자와 화가, 2인 1조가 되어 장정을 위한 소소한 대화도 오갔으리라. 완성된 책에는 드러나지 않는 둘만의 두터운 정도 배어있으리라 본다.

관람하는 내내 '상생'이란 단어가 뇌리에 남는다. 너나없이 어렵고 지난한 암흑의 터널을 지나온 작가들이다. 좌절과 포기를 모르고 함께하는 모습을 보여주는 작품 앞에서 고개가 절로 숙어진다. 무엇 하나 나무랄 것 없는 시서화에 능한 종합 예술가들이다. 현재의 예술인은 어떠한가를 돌아본다. 글과 그림,

조각 등 한 분야의 전문가일 뿐이다. 예술가들의 '콜라보'를 보기 어려워 아쉬울 따름이다.

[이은희 「미술이 문학을 만났을 때」, 중부매일, 아침뜨락, 6월 25일]

지난해 덕수궁미술관에서 "미술이 문학을 만났을 때"라는 주제로 고전 관련 책을 전시한 적이 있다. 손수 그린 책 표지나 서예가와 화가, 판화가 등이 함께 표지를 창작한 책을 보고 책에 관한 생각을 깊이하였다. 전시된 책마다 남다른 이야기가 있고, 겉표지 하나의 장정만으로도 예술품으로 남는다. 요즘 작가들의 책 출간 과정을 돌아보니 책을 쉽게 출간하고 있다. 대부분 출판사에 원고를 넘겨 교정은 물론, 겉표지 제호부터 문양 등 판매망까지 의존하는 경향이 있다.

상허의 말대로 책이 '제왕'이 되려면, 작가가 열정을 갖고 책의 모든 부분에 애정을 쏟아야만 하리라. 겉표지도 중요하지만, 무엇보다 작가는 작품으로 말한다. 자신에게 부끄럽지 않은 글, 진정성 넘치는 글은 자연스레 독자가 늘어가기 마련이다.

목전에는 독자가 적어도 좋다. 아니 한 사람도 없어도 슬플 것이 없다. 그 고독은 그 작가의 운명이요 또 사명이다. 고독하되, 불리하되, 자연이 준 자기만을 완성해 나가는 것은 정치가

나 실업가實業家는 가져보지 못하는 예술가만의 영광인 것이다.

[이태준 산문선 「누구를 위해 쓸 것인가」, 태학사, 168쪽]

작가는 과연 누구를 위하여 쓸 것인가. 상허는 '먼저 자신을 알면, 모든 일에 있어 현명한 일이다. 작품은 개인의 뿌리에서 피는 꽃이다.'라고 적는다. 어쩌면, 수필은 자기 자신을 위한 글이 아닌가 싶다. 글을 쓰며 잠재된 자아를 새롭게 발견하고, 삶의 깊은 성찰과 더불어 삶의 고통스러운 부분을 치유하며, 미래의 삶을 더욱 공고히 해나가리라. 그렇다고 혼자만을 위한 글, 일기나 사실적 기록문을 말하는 건 아니다. 글을 쓸 때는 고독을 자처하여 글을 쓰기 위한 환경을 만든다. 퇴고를 마치면, 자신의 글을 문인과 합평의 자리를 마련하여 글의 완성도를 높여야만 한다. 예전 문인처럼 각 분야의 예술가들과 창조적 인간관계도 중요하리라.

모파상은 그의 단편 서문에 "소수의 독자만이 당신 자신의 기질에 맞는 최선의 형식으로 무엇이든지 아름다운 것을 지어 달라고 할 것이다."라고 적는다. 이 말에 상허는 '당신 자신의 기질에 맞는 최선의 형식으로 무엇이든지 아름다운 것을 지어 달라는 그 독자를 향하여 우리는 붓을 든 것'이라고 말한다. 그는 모파상의 독본적인 어구에 문학은 '사상이기보다는 차라리 감성이기를' '철학이 아니라 예술인 소이所以다.'라고 주장한다.

수필은 인간학이다. 작가의 개성이 여실히 드러나는 문학 장르이다. 상허는 「조숙」이란 글에서 오래 살고 싶다고 말하는데, 이는 삶의 영속성이 아닌 풍부한 경험으로 글을 잘 쓰고 싶어서다. '인생의 깊은 가을을 지나 농익은 능금처럼 인생으로 한번 흠뻑 익어 보고 싶어'서란다. 작가여, 부디 '인간의 삶에 대한 치열한 관찰과 생동하는 정신으로' 각자 기질에 맞는 창조적 글쓰기와 나만의 책을 펴내길 고대한다.

차향처럼 은은하고 견고한 인연

- 정민 『새로 쓰는 조선의 차 문화』

선인에게 차茶는 일상이고 생활 그 자체였다. 사람이 그리운 것이 아니라 차가 그리워 시와 그림, 글씨 등 손편지를 보낸 분이 여럿이다. 우리 차의 역사를 거슬러 오르니 그 역사가 꽤 깊고 이야기가 무궁하다. 문인의 문집에 실린 다양한 글에서 차 문화를 볼 수 있다. 전통차의 문화와 역사는 다산 정약용에서 초의 선사, 추사 김정희까지 차의 부흥기였다고 적는다. 특히, 추사와 초의가 나눈 편지에서 차를 구걸하는 내용이 흥미롭다. 그토록 왕성했던 차의 시대도 초의와 추사가 적멸에 들듯, 조선 후기 차 문화도 휴면에 든 상태이다.

과연 우리 전통차의 시초는 언제부터인가. 다산의 저서를 통하여 차의 시초라고 알려진 건 잘못된 표기이다. 우리나라 최초의 전문 차서는 1755년에 지어진 '이운해李運海(1710~?)의 『부풍향차보』이다. 초의의 『동다송』보다 80년, 이덕리의

『동다기』보다 30년 앞서는 다서이다.' 그러나 18세기에서 19세기 초반에 이르는 기간에 조선의 차 문화는 명맥이 거의 끊어진 상태이다. 혹 차를 안다고 해도 음료가 아닌 약용으로 사용했을 뿐이다.

이덕리의 1785년 『동다기』에 "우리나라는 차가 울타리 가나 섬돌 옆에서 나는데도 마치 아무짝에 쓸데없는 토탄처럼 본다."라고 우리네 차의 실정을 적는다. 그리고 국가 경제를 위한 차 무역 주장은 미래를 바라보는 안목이 높다는 점에 놀랍다. 그러나 우리나라에 차의 실정은 이러하다. 초의가 오죽하면, '다 쉰 잎을 따서 볕에 말린 차를 나물국 삶듯 솥에서 끓여 내오는 무지함에 개탄했다.'라고 적었겠는가. 차의 여향을 즐길 줄 모르고 그 맛이 싱겁다고 소금과 생강을 넣는 것과 무엇이 다르랴. 이를 본 소동파는 "늙은 아내와 어린아이 차 사랑 알지 못해/ 한 움큼의 생강과 소금을 끓는 물에 넣었네."라고 애석한 마음의 시를 읊었다.

세기를 훌쩍 넘은 지금도 후인의 차에 관한 지식은 무지에 가깝다. 그나마 조선의 차 문화를 새롭게 쓴 정민 교수의 저서를 탐독할 수 있어 다행이다. 이덕리의 차나무의 잎을 따는 시기를 상세히 알려주며 특히, 찻잎의 묘사는 신선에 가깝다. "돌밭, 그것도 대숲에서 나는 차가 가장 상품이고, 채취는 비 갠 뒤 잎이 여리고 깨끗할 때 따라고 했다. 또 곡우 이전에

딴 것이 좋고, 망종 때까지도 채취할 수 있다고 보았다." "차의 딱딱한 줄기 끝에서 새 줄기가 싹 터 나오면 그 끝에 도르르 말린 첫 움이 마치 깃대에 깃발이 매달린 듯 퍼진다. 바로 일창일기다." 대숲, 비 갠 뒤에, 새 줄기, 싹, 첫 움이란 단어에서 생명의 기운이 흐르고, 싹과 움과 순이 트는 곳이 바로 생명의 발원지가 아닌가.

> 차에는 일창일기一槍一旗의 호칭이 있다. 창槍은 가지를 말하고, 기旗는 잎을 가리킨다. 만약 첫 잎 외에 따서는 안 된다고 한다면, 형주荊州 옥천사玉泉寺에서 나는 차는 크기가 손바닥만 해서 희귀한 물건이 되었다. 무릇 초목의 갓 나온 첫 잎은 보통의 한 잎보다는 크다. 점차 크게 된다 해도 어찌 첫 잎이 문득 손바닥만 하게 자랄 수야 있겠는가? – 중략 – 대개 일창이라는 것은 갓 싹튼 첫 가지이고, 일기란 그 첫 가지에 달린 잎이다. 이후 가지 위에 또 가지가 돋으면 그제서는 쓰지 못한다.
>
> [이덕리 『동다기』 제2조 『새로 쓰는 조선의 차 문화』, 김영사, 64쪽]

여기서 차茶란 차나무 잎을 따서 만든 음료이다. 다산은 차의 정의를 "오직 차나무 잎을 법제하여 뜨거운 물에 우린 것만 차다."라고 적는다. 적기에 잎을 따서 덖은 차를 차茶라고 부르니 여태 '차'라고 마신 음료가 차가 아니다. 흔히 마시는 대추차, 유자차, 생강차, 꽃차 등속은 이름만 차인 대용 차다. 무엇이든 제대로 아는 것이 중요함을 깨우친다.

선인은 차를 대부분 약용으로 사용하였다는 기록이다. 다산은 유배지에서 울화증으로 체증이 도져 건강이 좋지 않다는 이야기가 일기에서 드러난다. 무엇보다 우리 민족은 채식 위주의 담백한 식단에 중국인처럼 기름기 많은 음식을 선호하지 않는다. 독한 차는 위장에 큰 부담을 주기에 잎차보다 덩어리 차를 선호한다. 다산은 우리 환경에 맞도록 찻잎의 독한 성질을 눅잦혀 약하고 부드럽게 만든 떡차를 개발한 것이다. 찻잎을 삼증삼쇄, '즉 찻잎을 세 번 찌고 세 번 말려 곱게 빻아 가루를 낸 후, 돌 샘물에 반죽해서 진흙처럼 짓이겨 작은 크기의 떡차로 만들었다.'고 적는다. 다산은 이 비법을 초의에게 전수하고, 초의 선사는 『동다송』에 적어 불교 선원들에게도 전파한다.

나의 마음을 뒤흔든 건 차를 건네며 주고받은 정겨운 편지이다. 차를 구하는 글, 걸명소乞茗疏에 소소한 일상과 마음이 드러나 미소가 절로 지어진다. '걸乞'은 구걸한다, '명茗'은 '차의 싹'이라는 뜻이다. 다산 정약용이 강진 백련사의 혜장 선사에게 차를 마시기 좋은 때를 적은 걸명소다.

아침 햇살이 펼쳐지고 일어날 때, 구름이 비 갠 하늘에 밝게 떠 있을 때, 낮잠에서 갓 깨어났을 때, 밝은 달이 푸른 시냇물에 잠겨 있을 때는 차를 마시고 싶습니다. (…) 아껴왔던 차 통 속의 차가 이미 바닥이 났습니다. 산에 땔나무를 하러 가지도 못하는 아픈 몸이어서 평소의 정분으로 차를 구걸하는 바입니다.

[문태준 『바람이 불면 바람이 부는 나무가 되지요』, 마음의 숲, 90쪽]

추사 김정희와 초의 선사의 인연과 걸명소도 남다르다. 두 사람은 1815년 겨울 수락산 학림암에서 처음 만났고, 당시 30세 동갑. 추사가 유배 생활하는 내내 초의 스님과 교유하였다. 편지의 내용 중 차 이야기를 빼면, 남는 것이 별로 없을 정도로 차를 사랑한 두 위인이다. 추사는 차를 보내주는 초의 스님의 성의에 고마워 제자 소치 허련의 인편에 대흥사 편액 '일로향실一爐香室'를 써서 보낸다. 그리고 초의가 차를 마시며 머무는 방의 이름을 '죽로지실竹爐之室'이라 짓고 글씨를 써준다. 또한, '차를 마시며 선정에 들다.'는 '명선茗禪'은 차(茶)와 선禪의 일치 정신을 높이 사서 써준 글씨이다. 차를 통하여 남긴 명작들이 한국 고유의 문화유산으로 남아 자랑스럽다.

나는 대사를 보고 싶지도 않고 대사의 편지도 보고 싶지 않다네. 다만, 차의 인연만은 차마 끊어버리지도 못하고 쉽사리 부

수어 버리지도 못하여 또 차를 재촉하니, 편지도 보낼 필요 없고 다만 두 해의 쌓인 빚을 한꺼번에 챙겨 보내되 다시 지체하거나 빗나감이 없도록 하는 게 좋을 것이네. 그렇지 않으면 내 몽둥이질을 절대 피할 길이 없을 것이야.

[박철상 『서재에 살다』, 문학동네, 229-230쪽]

추사는 참으로 차를 향한 욕심이 대단하였다. 이 글은 차마 차를 구걸하다 못해 반협박의 편지이다. 둘 사이가 그만큼 허물없다는 이야기다.

선인에게 차는 정신적 지주로, 견고한 교유로 큰 역할을 한 셈이다. 무엇보다 차에 관한 해박한 지식과 정서를 나누며, 차를 구하고자 아양을 부리고 윽박지르는 듯한 글에서 살가운 정이 느껴진다. 추사는 죽로를 마주하고 앉아 차를 마시던 시절을 그리워한다. 손편지와 차 나눔은 예지에 가득 찬 행위이다. 상대의 차에 관한 품평과 다양한 크기와 모양으로 차를 만듦도 기록 덕분이다. 아래 편지에선 추사의 여과 없이 드러낸 마음이 절절하다. 또한, 벗의 아픔을 모른 척 않고 인편에 차를 나누며 편지로 보듬는 초의 선사의 우정도 훌륭하다.

가을 일은 이미 마쳐 포단蒲團이 편안하겠구려. 등불은 푸르게 빛나고, 스님의 독경 소리는 그침이 없을 터, 내 모습을 돌아

이은희 불경스러운 언어

보면 여태도 입과 코 때문에 괴로움을 겪고 있소. 괴로운 곳에서도 혼자 괴롭고, 괴롭지 않은 곳에서도 또한 혼자 괴롭지 않다면, 괴롭고 괴롭지 않음은 경계에 따라 내맡겨둘 뿐이지요. 차전茶甀은 모두 훌륭하오. 다만 스님과 함께 죽로의 옛 인연을 다시 잇지 못하는 것이 안타깝소. 포장泡藏을 문득 꺼내니 병든 위장이 감동하고 감동하였소. 이만 줄이고 다 쓰지 않소. 8월 29일. 나옹那翁

[정민 『새로 쓰는 조선의 차 문화』, 김영사, 384쪽]

추사는 초의 선사가 보내준 차로 쓸쓸한 마음과 풍토병을 다스렸다고 한다. 그리고 "물을 평하여 차를 다리던 때를 회상하니 눈앞의 속진이 사라진 듯합니다."라고 적었다. 문태준 시인의 말대로 "차를 마시면 마음이 중정中正에 앉게 된다. 지나치거나 모자람이 없이 적당하고 곧은 상태에 이르게 된다." 세상은 예나 지금이나 다를 것이 없는 양상으로 돌고 돈다. 번잡한 일상을 벗어나 내면을 고요하고 담담하게 다스리고자 차 한 잔을 가까이하는 것도 좋을 듯하다.

차를 매개로 선인의 견고한 인연이 아름답다. 추사와 초의는 경전의 말씀대로 '땅과 같은 벗'이다. 참으로 '곡식과 재물을 나누어주고 보호하여 은혜가 두터워지고 박함이 없는 벗'이다. 인공지능이 휘젓는 세상이 도래해도 인간의 순수한 마음을 따라가진 못한다. 차는 소통과 공유의 상징 중 하나이다. 차 나눔에서 상대에게 다가가는 법을 배운다. 시공간을 초월한 우정이 그립다. 지금 내가 서 있는 아파트 테라스 하늘정원에는 매화 꽃봉오리가 하루가 다르게 벙근다. 백운동 별서를 따라가진 못해도 암향은 어디에도 비길 데가 없다. 오랜 벗을 불러 매화 꽃잎을 띄운 차와 소소한 이야기를 나누고 싶다.

이은희 불경스러운 언어

강진 다산초당에서(2022년 6월)

깨달음은
도덕의 으뜸가는
부적

• 문장은 다만 독서에 있지 않고, 독서는 다만 책 속에 있지 않다

• 재주는 부지런함만 못하고 부지런함은 깨달음만 못하다.
    깨달음은 도덕의 으뜸가는 부적이다 – 홍길주

• 내가 원고를 쓰는 것이 아니라
원고지 위에 내 영혼의 기도가 종소리처럼 우는 것 – 박목월

• 글은 모두 깨달음에서 나오고 신령스런 생각과
    절묘한 구성이 허공에서 솟아난다 – 김매순

• 일과는 하나도 빠뜨려서는 안 된다. 사정이 있다고 거르게 되면 일이
    없을 때에도 게을러지게 마련이다 – 홍석주

내 영혼의 기도가 종소리처럼 우는 것

— 박목월 『달과 고무신』

예전에는 미처 몰랐다. 책을 펼치지 않았다면 영영 모르고 지냈을 일이다. 조선 지식인의 소품문을 찾아 읽다 꼬리를 물어 뜻밖의 보물을 얻는다. 박목월(1915년~1978년)은 나의 뇌리에 시인으로만 인식되었던 분이다. 1978년 삼중당에서 출간한 『박목월 자선집』 열 권 중 여덟 권이 수필집이다. 그의 저서가 시집보다 수필집이 더 많다는 것에 신선한 충격을 받는다. 등단하고 십 년이 넘어도 저서 한 권을 낼까 말까 한 작가도 있는데, 목월은 수필집을 무려 여덟 권을 출간한 것이다. 웬만한 수필가보다 다작한 편이다.

한학자 정민 교수가 엮은 산문선 『달과 고무신』의 발문에서 '박목월 선생님은 생전에 시 못지않게 많은 산문집을 펴낸 수필가다.' '시인 박목월은 누구나 알고 그의 시를 한두 수쯤 외우지만, 수필가 박목월은 뜻밖에 알려진 것이 없다.'라고 적

고 있다. 수필가로서 선생의 인간적 면모가 궁금하여 저서를
구하여 정독한다. 예상대로 그의 시詩는 수필로 먼저 의미화
하고, 이어 함축적인 시로 형상화한 것 같다. 2015년 박목월
선생 탄생 100주년을 기념하여 기존에 간행된 산문집에서 대
표적 글을 간추려 묶은『달과 고무신』에서 감동한 글이다.

> 분황사 옆을 지날 때는 주위의 산들이 어둠 속에 가라앉아
> 버린다. 그 어둑한 산을 배경으로 돋아나는 달빛 속에 솟아오르
> 는 탑신의 아름다움은 어린 눈에도 황홀하였다. 물에서 갓 건져
> 낸 것처럼 맑고 청초했다. – 중략 – 내가 달려가는 동안에 달은
> 서서히 떠올라 탑 꼭지에 덩그렇게 얹혀 있는 것이다. 아름다운
> 여신이 두 손을 치켜들고 과일을 받쳐 든 형상이다. 그것을 바
> 라보며 달빛 속에 은빛과 금빛으로 모래가 빛나는 길을 달려가
> 게 되는 것이다. 혹은 달이 구름 속에 숨게 되면 일곱 빛으로
> 물들인 안으로 환하게 밝은 그 신비로운 채운彩雲을 이마에 얹고
> 탑은 깊은 물 속에 잠기듯 수상한 푸른빛을 띠는 것이다.

[박목월「달과 고무신」, 태학사, 22쪽]

달빛 속에 하얗게 떠오른 분황사 탑의 묘사가 압권이다. 목
월의 글이 바로 시적詩的 수필의 전범이지 싶다. 분황사 탑을
중심으로 문장 하나하나가 서정의 미로 눈앞에 그려지듯 아름

답게 이미지화한다. 수필 「달과 고무신」은 목월의 순진하고 어수룩한 모습이 고스란히 담긴 고무신에 얽힌 글이다. '평생에 처음 신어 보는 자랑스러운 신발을 하루도 못 신고' 잃어버린 서러운 추억이 있었기에 탄생한 걸작이다. 너나없이 어렵던 시절이라 고무신이 차마 닳을까 봐 아까웠던 것일까. 목월은 달리기 시합에 앞서 고무신을 달빛이 환한 신작로 한편에 벗어놓는다. 눈에 뜨이는 달빛 환한 장소에 의심도 없이 신발을 벗어놓는 그의 순진무구한 면모를 발견하는 지점이다.

또한, 목월은 소년 시절의 회상은 달과 직결되어 있고, 달빛 속에서 자랐다고 적고 있다. 소년 시절과 청년 시절을 천년 고도인 경주에서 생활하여 그런지 글에는 폐허에서 느껴지는 애수가 짙게 드러난다. 놀이터가 따로 없던 시절이라 푸른 잔디가 아름다운 왕릉이나 폐사지 분황사 탑 주변, 풀이 우거진 봉황대가 놀이 장소로 주 무대가 된다. 달 밝은 날이면 지칠 줄 모르고 '놀음에 미쳐 버렸다.'라고 밝힌다. 평생 따라다닌 푸른 달빛의 기억은 '달빛에 목선 가듯', '구름에 달 가듯'이란 훌륭한 시어를 낳는다. 달빛 속에서 주옥같은 글이 탄생한 것이다.

그는 열아홉에 중학(오늘날의 고등학교)을 졸업하고 금융조합 서기가 되어 경주로 돌아온다. 낮에는 전표 더미를 놓고 주판알

이은희 불경스러운 언어

을 튕기고 밤에는 고도古都의 품 안을 배회하며 단지 쓸쓸하다는 표현을 넘어서는 우주적 고독을 품었다. 하도 쓸쓸해 쓴 시가 『문장』지에 추천되자 절망적 고독은 비로소 충만한 기운을 띠게 되었다.

[박목월 『달과 고무신』, 정민 「발문」, 태학사, 234쪽]

목월은 그렇게 문사의 길이 열렸다. 현실의 삶과 이상의 삶은 달라도 아주 다르다. 그 다름을 이해하고자 문밖에서 배회할 수밖에 없었으리라. 필자 또한, 같은 길을 걸어왔기에 그에게서 동병상련의 정을 느낀다. 나는 열아홉 살 여상을 졸업하기도 전에 취업하여 직장생활에 허덕거린다. 전표의 대변 차변의 숫자를 맞추느라 주판알을 온종일 튕기는 사도들이다. 월급을 받고자 피와 땀을 아끼지 않는다. 퇴근하고 정신의 여유가 생기면, 혹여 생명의 기운이 주판알만 튕기다 사그라질 것 같이 헛헛해진다. 어쩌지 못하는 현실을 탓해야 소용없는 일이고, 삶의 비의를 벗어나고자 마음의 약속을 내건다. 용돈에서 다달이 두 권의 책을 사서 읽고, 밑줄 친 문장을 필사하는 일. 그리 짬 날 때마다 책 속에 빠져 지내니 육신은 생활에 얽매여도 정신만은 자유로웠다.

목월도 어딘가 얽매인 생활을 못 견뎌 고독을 자청했을 듯싶다. '목월은 어둡고 불안한 일제 말기에 어수룩한 천지가 그

2부 깨달음이 도덕의 으뜸가는 부적

리워 세상 어디에도 없는 환상의 지도를 따로 마련해 둔다.'
다가갈 수 없는 마음의 지도를 얼마나 수없이 그렸을까. 그나
마 다행인가. 일과 속 하루를 그냥 보내기 아쉬워 수많은 글
을 남긴다. 일상의 소소한 이야기『밤에 쓴 인생론』에서는 어
려운 환경에서도 가정을 지키고자 애쓰는 헌신적인 아내의 모
습에 감동한다. 『아버지는 변하지 않는다』라는 문학평론가인
박동규(1939년~)가 엮은 수필집이다. 그리움 많은 아들의 이
야기와 목월에 삶의 철학을 만날 수 있다. 박동규, 그의 아들
도 아버지 조언으로 문학가의 삶을 살아간다. 문학의 인연은
필자와도 이어진다. 박동규 문학평론가는 2004년 동서커피
문학상 운영위원장을 맡아 제7회 동서커피문학상 공모전을
치른다. 필자는 공모전 역사상 전 부문에서 수필 「검댕이」로
대상을 받으며 생각지도 않은 그와 인연이 문학의 끈으로 이
어진다.

서로 따뜻하게 부딪히는 정情과 정, 비록 자기가 탄 월급이
아닐지라도, 형제로서의 그 사심 없는 자랑, 혹은 자기가 애써
번 돈이지만 아무런 미련이나 재산 없이 형제나 부모를 위하여
아낌없이 쓸 수 있는 그 순수한 기쁨, 이것은 핏줄을 나눈 형제
로서 한 가정 안에서 생활을 함께하는 가족으로서 이해관계를
초월한 인간적인 진심에서 우러나는 것이다.

아무리 '혼매한 현대'라지만 어느 가정에서나 그 밑바닥에 흐르는 가장 맑고 투명한 물줄기요, 이 물줄기에 입을 대고 인간의 끝없이 고독한 갈증을 추길 수 있는 곳도 가정뿐이다.

[박목월 『밤에 쓴 인생론』 「가정의 발견」, 강이, 64-65쪽]

은행에 취직한 딸이 첫 월급을 타며 벌어지는 훈훈한 이야기다. 딸은 첫 월급을 받아 봉투째로 어머니에게 공손히 바친다. 어머니는 그 월급봉투를 두 손으로 받쳐 들다시피 서재로 건너가 남편한테 보여준다. 또한, 오빠는 누이가, 동생은 누나가, 월급을 탔다고 제 일처럼 좋아하며 흥분하는 풍경이 그려진다. 성장한 딸이 사회에 나가 일하여 받은 첫 월급봉투를 바라보는 부모의 마음은, 딸이 얼마나 대견스럽고 자랑스럽겠는가. 부모는 '사회에 처음 나갔으니 살 것이 많을 거'라고 월급봉투를 도로 딸에게 돌려준다. 도로 받은 월급으로 부모님에게 선물을 드리고, 동생과 오빠에게 용돈을 나누는 장면에서 식구의 돈독한 정이 느껴진다.

필자의 첫 월급날이 떠오른다. 1985년 10월 10일 퇴근 무렵 얇고 누런 봉투에 이름과 금액을 적은 첫 월급봉투를 받는다. 경리 부장은 십여 명의 신입사원을 불러놓고 월급봉투를 나눠주며 주문한다. 월급봉투를 부모님에게 보여드린 확인을 받아오라는 것이다. 나는 생애 첫 월급을 봉투째 어머니에게 드리고, 종이에 월급 받았다는 친필 사인을 받아 제출한다. 후에 알았는데 사인을 받아온 이는 나뿐이었다. 경리부 부장은 당신의 말을 곧이곧대로 수행한 나를 달리 보고, 두고두고 회자한다. 이렇듯 목월의 글은 누구에게나 있을 법한 소소한 일상의 이야기로 읽는 사람의 추억을 소환한다. 그리곤 나직하고 잔잔하게 울림 있는 목소리로 상처 입은 영혼을 어루만진다.

목월의 깊은 밤중 글쓰기는 '내가 원고를 쓰는 것이 아니라 원고지 위에 내 영혼의 기도가 종소리처럼 우는 것'이라고 적는다. 그는 마음에 오솔길을 내어 자신을 평생 되돌아본 작가이다. 내면의 성찰은 자기에게 끊임없이 되돌아오는 길이지 않던가. 그래선지 글에서 맑은 영혼의 소리 그 울림이 느껴지는 듯하다. 창밖을 바라보니, '어둑어둑한 해으름에 잔잔하게 저무는 산'이 보인다. 이 글을 쓰는 동안 만월을 고대하였다. 어느덧 보름이다. 푸른 달빛 아래서 목월처럼 고독을 자청한다.

영웅은 살아 있다
– 이순신 『난중일기』

반복된 문자를 읊조린다. "참으로 통분 통분했다." 얼마나
원통하고 분하였으면 '통분'이란 단어를 반복하여 적었으랴.
눈앞에서 동료를 구하지 않는 '그 괘씸'한 상황을 '통분'이란
단어로 표현하고 있다. 우리가 입으로 읊조리는 문자는 참으
로 그냥 글자가 아니다. 시대와 공간을 뛰어넘어 후인의 가슴
을 울리고 있잖은가.

경상도의 좌위장左衛將과 우부장右部將은 보고도 못 본 체하며
끝내 돌아서서 구원해 내지 않았으니 그 괘씸함은 말할 수 없다.
참으로 통분 통분했다. 이 때문에 경상도 수사(원균)에게 질문도
하였거니와 한심한 일이었다. 오늘의 통분한 것을 무슨 말로 다
하랴.

[『난중일기』, 1593년 2월 22일, 지식공작소, 89쪽]

일기는 전장의 상황이다. 어찌 자기만 살겠다고 어려움에 부닥친 전우를 외면할 수 있으랴. 참으로 비겁한 자와 의로운 자는 극한 상황에서 구별되는 것 같다. 이렇듯 만인이 알고 지구에 인간이 사는 날까지 기록으로 남아 회자되리라. 그들의 부끄러운 행동을 후인이 알고 함께 통분하고 있지 않은가. 충무공의 절절한 동료애가 가슴에 각인되며 문장 구절구절이 분명하게 전해지는 글이다. 그날의 긴박하고 기막힌 전시 상황을, 그 원인과 결과를 말하나 벽을 보고 말하는 격이다. 통분을 삭히며 체념하듯 '소진포로 돌아와 잤다.'라고 적던 장군의 마음이 고스란히 전해 온다.

세상에 억울한 일이 한둘이랴. 전장에서 국가를 위하여 목숨을 건 충무공과 어찌 비교하랴만, 산업전선에서 여성이 자리를 지키는 일도 전쟁 같은 나날이나 다름없다. 오래전에 겪은 일이 기억에서 잊히지 않는다. 중요 직책에 있다 보니 종종 시기 질투하는 사람이 있다. 대표에게 뜬금없이 처신을 잘하라는 훈계를 들은 기억이 떠오른다. 원인은 외부에서 협력업체와 이권을 가지고 청탁한 사람 때문이다. 내가 모시는 대표자를 안다는 명목하에 자기가 소개하는 회사를 현장에서 일할 수 있도록 하라는 청탁이다. 그가 내민 지명원을 살펴보니 능력이 부족한 기업이다. 더욱이 수의계약이 아닌 전자입찰이라 편법은 가당치 않은 일. 상대에게 공정한 입찰을 통하여 가능하다고 설명한다. 그런데 나에게 돌아온 건 '실세를 부린다.'라는 기막힌 험담이다. 대표에게 오해로 인한 추궁을 듣는 순간 '통분, 통분스러웠지만', 구구절절 변명하기 싫어 주의하겠다는 말을 남기고 자리로 돌아왔다. 그에게 왜 그런 말을 퍼트리느냐고 시시비비를 따질 수도 있었으리라. 상식도 모르는 인간과는 말을 섞고 싶지 않았다. 진실을 밝혀지는 법인가. 그 사람은 결국, 부정의 꼬리를 자르지 못하고 기어이 불명예스러운 일로 사회를 떠들썩하게 만든다.

난중일기의 문장들을 톺아본다. 참으로 간결하고 함축적인 문장이다. 수식어를 과다하게 늘어놓거나, 호흡이 긴 문장을 쓰는 사람에게 『난중일기』 정독을 권유한다. 작가라면, 필독서이다. 일기에는 매일 그날 날씨가 기록되어 있다. 감성 넘치는 표현이 많다. 특히, '맑고 바람도 잤다, 흐리고 미친 바람, 큰비가 더욱 신악스러웠다.' 등이 마음에 닿는다. 오죽하면, 난중일기를 번역한 고 이은상 시인은 "충무공은 단순한 무장만이 아니었다. 정치가요 외교가요 도덕가요 과학자요 그 위에 시문詩文과 서도書道에까지 능한 문학자였다."라고 말하였으랴. 보통의 단어로 21세기 후인의 가슴을 울리는 문장이다. 기후에 관한 몇 문장을 골라 적어 본다.

☆ 맑고 바람도 잤다.

이날 밤, 달빛은 배 위에 가득 차고, 혼자 앉아서 이 생각 저 생각에 온갖 근심은 가슴을 치밀어, 자려야 잠이 오지 않다가 닭이 울어서야 어렴풋이 잠이 들었다.

☆ 홀로 배 뜸 밑에 앉았노라니 마음이 몹시 산란하다. 달빛은 뱃전에 비치고 정신도 맑아져서 잠을 이루지 못하는 사이에 어느덧 닭이 울었다.

☆ 종일 비가 오고 큰바람이 불었다. 홀로 뜸 아래 앉았으나 생각이 천만 갈래였다.

☆ 흐리고 미친 바람 큰비가 종일 쉬지 않고 밤에는 더욱 심악스러웠다.

☆ 비, 비. 종일 빈 정자에 홀로 앉았으나 온갖 생각이 가슴을 치밀어 회포가 산란했다.

[『난중일기』, 지식공작소, 112, 167, 194, 265, 268쪽]

이순신 장군의 문장에 비춰 소설가 김훈의 이야기를 하지 않을 수가 없다. 그의 『칼의 노래』는 '영웅 충무공 이순신 안에 존재하는 고뇌하는 인간의 모습을 일인칭 시점으로 담아낸 작품'이란다. 김훈을 '기자가 아닌, 소설가로 각인시켜준 걸작'이기도 하다. '기자가 사실을 보도하듯, 수사적修辭的 장치는 전혀 동원하지 않고 주어와 동사, 문장의 뼈다귀'로 썼다고 전한다.

'버려진 섬마다 꽃이 피었다.'라는 『칼의 노래』 첫 문장은 많은 작가가 회자할 정도이다. 그는 처음에 서두를 "꽃은 피었다."고 썼다고 한다. 그리고 며칠 후 고민 끝에 퇴고한 문장이 "꽃이 피었다"이다. 정녕 조사 '이'와 '은'의 쓰임은 다르다. "꽃이 피었다."는 눈에 보이는 '사실의 세계를 진술한 언어'이고, "꽃은 피었다."는 눈에 보이지는 않는 '의견과 정서의 세계를 진술한 언어'이다. 이것을 구별하지 못하면, 당신의 문장과 소설은 몽매해진다는 것이 김훈의 생각이다.

충무공의 나라 사랑은 온 국민이 알고도 남아 두말할 필요가 없다. 필자는 어머니를 사모하는 마음, 애틋한 효심을 말하고 싶다. 휴전 중에 시간을 내어 어머님을 잠깐 만나 위로해 드리는 것으로 큰 기쁨으로 삼았다. 어머님이 여든한 살되시던 해, 수연 잔치를 차려 드린 것이, 모자가 마주 보는 마지막이 될 줄 누가 알았으랴.

종일 노를 빨리 저어 이경에 어머님 앞에 이르렀다. 백발이 부수수한 채 나를 보고 놀라 일어나시는데, 기운이 흐려져 아침 저녁을 보전하시기 어렵다. 눈물을 머금고 서로 붙들고 앉아, 밤이 새도록 위로하여 그 마음을 풀어 드렸다.

모시고 옆에 앉아 아침 진짓상을 드리니 대단히 즐거워하시는 빛이었다.

[『난중일기』 1596년 8월 12일, 13일, 지식공작소, 608쪽]

충무공의 효심은 마음 자세부터 남다르다. 그는 앉으나 서나 어머님의 안부 걱정이다. 부모님에 관한 나의 모습은 어떠한가. 어머니가 돌아가시고 십여 년 가까이 아버지와 함께 근교 낮은 산을 오르내렸다. 주말 하루를 책임과 의무처럼 보냈던 것 같다. 특히, 베트남 출장에서 밤 비행기로 돌아오던 주말 아침은 피곤하다고 산행 약속을 깨고 싶었다. 아버지가 나를 보고 싶어 한다는 동생의 전화에 어쩔 수 없이 집을 나섰던 나의 모습이 후회스럽다. 인제 와서 후회하면 무슨 소용이랴. 정녕코 시간을 쪼개 온 마음을 다하여 효를 실천하는 충무공 앞에서는 부끄러워 절로 고개가 숙어진다. 아버지가 안 계신 주말이 참으로 헛헛하다. 지금도 산행 중 쉬어가던 당신의 모습이 눈앞에 선하다.

통분함을 참지 못하겠다. 이날 밤 심사가 심란해서 홀로 마루에 앉아 있는데, 내 마음을 스스로 걷잡을 수 없었다. 걱정이 쌓여 밤이 깊도록 잠들지 못했다. - 중략 - 혼자 수루에 의지했

이은희 불경스러운 언어

다. 나라 정세가 아침 이슬같이 위태로운데 안으로는 정책을 결정할 만한 기둥 같은 인재가 없고 밖으로 나라를 바로 잡을 만한 주춧돌 같은 인물이 없음을 생각해 보니 사직이 장차 어떻게 될지 몰라 마음이 산란했다. 종일토록 누웠다 앉았다 했다.

[『난중일기』, 지식공작소, 298,427쪽]

충무공은 일기에서 보듯 밤이나 낮이나 나랏일 걱정이었다. 난세에 영웅이 나타난다. 지금이 바로 그 시기이지 싶다. 푸르스름한 경계에서 대통령 후보들을 아파트 울타리에서 마주한다. 코로나19로 국민의 마음은 움츠러들고 국가 경제도 곤두박질치는 느낌을 지울 수가 없다. 정녕코 국가와 국민을 위하여 사심 없이 일할 지도자가 필요하다. 제2의 충무공의 현신이길 바랄 뿐이다.

2부 깨달음은 도덕의 으뜸가는 부적

벽, 공감각 표현의 장場

- 상허와 다산의 '벽'

삶에 특별한 순간이 찾아든다. 그 순간을 맞고자 길을 떠나는 사람도 있고, 골방에 틀어 앉아 기다리는 사람도 있으리라. 일의 형편을 좇는 나 같은 사람도 있다. 또한, '특별한 순간'은 사람마다 느끼는 의미와 형상이 다르다. 꽃봉오리가 열리는 순간이거나 고독이 일어나는 순간, 영감이 스치는 순간 등이다. 놓치고 싶지 않은 순간을 정지시켜 놓은 사진도 있다. 물상 주변을 어정거리거나 감성이 없으면, 포착하지 못했을 순간이다.

흰 벽면에 어룽진 그림자의 형상이다. 해쓱한 빛의 흐름, 찰나의 순간을 포착한 것이다. 고맷돌 위 분청사기에 석양빛이 잠시 내려앉았던 그 순간, 무정형의 빛이 도자기의 옆면을 비춰 창살과 항아리 그림자가 벽면에 어룽거린다. 그림자에서 노을빛 따스함이 느껴진다. 분청사기의 그림자를 오랫동안 바라보며 벽면을 비워두길 잘했다는 생각이 든다. 더불어 전시장에서 마음에 드는 분청사기를 발견한 기쁨과 작가와의 첫 만남도 되살아나는 느낌이다.

작가가 손수 통으로 빚은 둥그스름한 비정형 항아리이다. 도자기 굽부가 손끝에 우툴두툴 느껴져 정감이 가고, 한쪽 허리통이 삐뚜름하여 더욱 마음에 든다. 무엇보다 작가는 남들이 마다하는 도자기를 빚고 있고, 현대 감각의 모란꽃을 피운 분청사기로 전통의 결을 남다르게 잇고 있다. 그녀가 달인 백차를 마시며 도자에 관한 이야기를 나누던 흐뭇한 기억이 살아난다. 이 모두가 빈 벽면을 고집한 덕분에 얻은 선물이다.

뉘 집에 가든지 좋은 벽면을 가진 방처럼 탐나는 것은 없다. 넓고 멀직하고 광선이 간접으로 어리는, 물속처럼 고요한 벽면, 그런 벽면에 낡은 그림 한 폭 걸어놓고 혼자 바라보고 앉았는 맛, 그런 벽면 아래에서 생각을 소화하며 어정거리는 맛, 더러는 좋은 친구와 함께 바라보며 화제 없는 이야기로 날 어둠는 줄 모르는 맛, 그리고 가끔 다른 그림으로 갈아 걸어보는 맛, 좋은 벽은 얼마나 생활이, 인생이 의지할 수 있는 것일까!

[이태준 『무서록』 「벽」, 소명출판, 13쪽]

벽면을 탐내는 이가 어디 상허뿐이랴. 나도 소녀 시절 홀로 머물고 싶은 방을 간절히 원하였다. 상허처럼 '멀직하고 은은한 벽면'을 그리워하였다. 한 집에 열 식구가 함께한 시절이라 나만의 독방이 있을 리 만무했고, 식구들이 방마다 복닥거렸다. 내가 무엇을 하든 식구의 행동반경 안에 있어 비밀이 있을 수 없다. 홀로 머물 방이 따로 없으니 빈 벽도 만무하였다. 결혼해서도 작가가 되어서도 별반 다르지 않았다.

부족한 부분을 채워야만 꿈은 이루어지던가. 중년이 되어 상허가 남긴 '벽'의 진정한 의미를 알게 되었고, 다산의 '벽', 공감각 그림자놀이를 알게 되었다고나 할까. 더불어 스님의 면벽 수행도 조금은 감이 잡혔다. 하지만, 내가 그토록 원했던 빈방과 벽, 공간 실정은 어떠한가. 나의 벽은 잠시도 숨 쉴 공간이 없었다. 그러니까 누군가 어정거리다 갈 공간, 노닐다 갈 틈이 없었다. 필자는 책이 전부인 양 정기구독 잡지와 문인이 발간한 책으로 벽면을 채우기 급급하였다. 빈 벽을 고수하기란 어려운 실정이었다고 구구한 변명을 늘어놓는다.

벽이 주는 운치를 비움에서 찾는다. 역시 비우기란 쉽지 않은 일, 나이 듦과 비례하는 것 같다. 덧없는 삶에 치여 여유를 부리지 못한 탓도 있다. 과거 청춘 시절은 오로지 '채움'을 향한 길이었다면, 중년의 삶은 단순한 생활에 비움의 길이 열렸다고 할까. 집을 이사하며 적어도 두 벽면은 비워두고, 어떤

이은희 불경스러운 언어

것도 들여놓지 않는다. 점 하나 없는 눈 덮인 들녘처럼 허허로운 공간으로 고수한다.

그 덕분인가. 고전과 현대의 어울림을 누린다. 흰 벽면 앞에 꽃송이를 수놓은 흑석 다듬잇돌을 둔 것이다. 백 년이 넘은 다듬잇돌 앞에서 눈을 감으면, 그리운 소리가 들린다. 먹먹한 냉가슴을 깨트리는 소리 같아 후련하다. 이어 전시회에서 품고 온 분청사기를 다듬잇돌 위에 배치한다. 상허처럼 '벽면 아래에서 생각을 소화하며 어정거리는 맛'을 느끼고 싶어서다. 덕분에 모란꽃이 수시로 피어나는 항아리의 멋을 즐긴다. 그러다 자연의 빛으로 벽면에 어룽진 형상을 포착하게 된 것이다.

다산의 「국영시서菊影詩序」, 그림자놀이를 실감한다. 그런데 다산의 그림자놀이는 사전 절차가 필요하다. "벽면에 자리한 방안에 너저분한 세간들을 치운다. 그리고 빈 곳에 국화 화분을 정돈하여 벽에서 약간 떨어지게 한다. 그것들을 비출 등잔도 알맞은 위치에 놓아두고 불을 밝힌다." 이어 어둠 속에서 등불을 켜고, 방안에 일어날 변화를 기다린다. 벗들의 호기심 어린 시선은 일제히 벽면에 꽂혀 있다.

기이한 무늬와 희한한 형상이 갑자기 벽에 가득 차오는 것이었다. 가까운 것은 꽃과 잎이 엇갈려 있고 가지와 줄기가 또렷하고 가지런한 것이 마치 수묵화를 그려놓은 것만 같았다. 그다음 조금 떨어진 것은 너울대고 어른대는 그림자가 춤추듯 하늘거리는 것이 마치 동산에 달이 떠올라 뜨락의 나뭇가지가 서쪽 담장에 일렁이는 듯하였다. 먼 것은 흐릿하고 모호해서 마치 구름 노을이 엷게 깔린 것만 같고, 사라질 듯 여울지는 것은 파도가 넘쳐흐르는 듯해서, 황홀하고도 비슷한 것을 이루 형언할 수가 없었다.

[정약용 『미쳐야 미친다』 「국영시서菊影詩序」, 푸른역사, 271-272쪽]

다산의 벗인 윤이서는 상상조차 못 했던 광경을 본다. 그는 벽면에 어룽진 국화꽃 그림자를 바라보고 손으로 무릎을 치며 "기이하고 기이한 천하의 뛰어난 광경"이라고 흥분하였단다. 무르익은 가을밤에 국화 화분과 등잔불, 그림자를 드리울 벽면이란 공간, 별거 아닌 물상으로 놀라운 공감각을 일으킨 것이다. 또한, 벗은 그 광경을 우스갯짓이라고 말하지 않고 술을 나누고 시詩를 지어 즐기니 무엇을 더 바라랴. 그 특별한 순간으로 세상 살아갈 희망과 기운이 절로 돌고도 남으리라.

불야성 같은 도시에는 그림자가 없다. 비둘기 집같이 다닥다닥 붙은 건축물에 빈 벽이 존재하랴. 더불어 이야기를 나눌 운치 있는 사람은 있는지 궁금하다. 삶의 여유 없이 종종대는 도시인이다. 광선이 어리는 벽을 사랑한 상허와 벽면에 국화

꽃 그림자놀이를 연출한 다산이 그립다. 벽창호처럼 삭막한 속에 살아도 각박해지지 않는 건 두 분의 시詩적 여유 덕분이다.

한 시절 '벽' 문화를 이끈 선인의 지혜가 부럽다. 벽도 벽 나름이던가. 벽을 디딤돌로 삼은 사람이 있다. 벽을 상대로 깨우침을 얻은 수행자도 있고, 벽을 그림자놀이의 장場으로 시서화詩書畵를 즐긴 선인도 있다. 그리 보면, 벽은 무한 공감각 표현의 장이다. 한동안 벽을 사랑할 것만 같다. 골방에 파묻혀 수행자처럼 '무無'를 화두 삼아 면벽 좌선이든, 묵언안거든 흉내도 내보리라. 그리하여 '섬광 같은 기쁨'을 만나면 얼마나 좋으랴.

깊은 밤 서재로 든다. 벽면에 어룽진 그림자는 없으나, 볼 수 있는 심미안을 얻었으니 다행이다. 얼마 전 그 벽에 좋아하는 유화 한 점 걸어 두고 상허처럼 어정거리며 생각을 소화한다.

깨달음은 도덕의 으뜸가는 부적

- 홍길주 『수여방필』 4부작

창밖 세상이 두려운 요즘 칩거가 제일이다. 바이러스로 몸을 잔뜩 사려야 하는 시기이다. 집안에서 무료함을 달래야 하는 요즘 독서가 소일거리다. 중국 작가 잔홍즈(1956~)는 『여행과 독서』란 저서에 독서는 '앉아서 하는 여행'이고, 여행은 '서서 하는 독서'라고 적었다. 또한, '독서는 단순한 책 읽기가 아닌 세상 읽기', '살아 꿈틀대는 세계로 걸어가라고' 말한 19세기 문장가도 있다.

바이러스가 창궐하니 당분간은 '서서 하는' 독서는 미뤄 두고 '앉아서 하는 여행'을 즐겨야만 한다. 항해 홍길주洪吉周(1786~1841)가 『수여방필睡餘放筆』에 남긴 독서에 관한 문장이다.

이은희 불경스러운 언어

나는 일찍이 이렇게 말한 적이 있다. "문장은 다만 독서에 있지 않고, 독서는 다만 책 속에 있지 않다. 산과 시내, 구름과 새나 짐승, 풀과 나무 등의 볼거리 및 일상의 자질구레한 일들 속에 독서가 있다." 간간이 이러한 뜻을 내 저술 속에 드러내 보였는데, 그 내용이 원고 속에 있다.

[『19세기 조선 지식인의 생각 창고』, 『수여방필』 「천하의 기이한 문장」, 돌베개, 22쪽]

이 글을 읽으니 무작정 기행을 떠나고 싶다. 홍길주는 "산 천운물山川雲物과 조수초목의 볼거리와 일상의 자질구레한 사무가 모두 독서다." "살아있는 사물에서 생동하는 의미를 뽑아내는 데 집중한다." 그의 눈에는 자연과 일상 세계가 주는 소리가 기표요, 문장이다. 조물주를 '천하의 대문장가'라 칭송하며, 눈 앞에 펼쳐진 '변화무쌍한 세계를 책'이라 명명할 정도이다. 더불어 그 세계를 자신이 궁극적으로 펼쳐내야 할 '지어지지 않은 글'이라 일컫는다.

항해 홍길주는 19세기 초반에 활동한 대표적인 독서가이자 문장가이다. 그의 이름이 낯설게 다가올 수 있다. 연암 박지원과 그의 형인 연천 홍석주에 가려 빛을 보지 못했다는 기록도 있다. 특별히 사사한 스승 없이 가학의 전통이 그를 문장가로 성장시켰다고 해도 과언이 아니다.

학문과 문학의 기초를 닦는데 형인 홍석주와 동생인 홍현

주가 평생을 함께한 사우師友였다. 항해는 잡문을 장난삼아 적었다고 하지만, 열 살에 문집을 엮을 정도였으니 문장 실력을 미뤄 짐작할 수 있다. 시공간을 초월하여 그의 남다른 생각의 궤적을 따라가 본다. 문장에서 방대한 독서량과 시공을 뛰어넘는 묘사와 수준 높은 사유의 힘이 느껴진다.

문장가는 언제 어디서나 깨달음으로 문장을 빚는다. 그가 말하는 깨달음의 공간은 조물의 세계를 읽을 수 있는 오성悟性이다. 낡은 가치관과 진부한 사유로는 실체를 볼 수 없다. '마음을 비워(心虛)편협한 분별지를 없애고, 정신을 집중하여 오성悟性을 작동시켜 조물의 세계'에 든다. 오성을 움직이는 건, 바로 '은유와 역설이요. 차이와 소통에 대한 인지다.' 대상에 생명의 기운과 혼을 담아 낯설게 보기를 설파한다.

재주는 부지런함만 못하고 부지런함은 깨달음만 못하다. 깨달음은 도덕의 으뜸가는 부적이다. 옛사람의 책 가운데 경전과 역사책 같은 것은 한 글자도 허투루 지나쳐서는 안 된다. 그 나머지 자질구레한 것들은 하나하나 정밀히 궁구하느라 심력을 나눌 필요가 없다. - 중략 - 오직 깨달음이 있는 자는 손 가는 대로 뒤적이며 지나쳐도 핵심이 되는 곳에 저절로 눈길이 가 닿는다. 그래서 한 권 안에서 단지 10여 면만 따져보고 멈추어도

이은희 불경스러운 언어

전부 다 읽은 사람보다 보람이 두 배나 된다. [『19세기 조선 지식인의 생각 창고』, 『수여방필』 「깨달음이 있어야」, 돌베개, 50쪽]

"깨달음은 도덕의 으뜸가는 부적이다."라는 문장에 꽂힌다. 달리 말하면, 깨달음을 부적처럼 지니고 다니는 항해이다. 깨달음을 몸에 익히기까지 각고의 노력과 시간은 얼마나 필요할까. 문학에 입문 전 내가 읽은 수많은 책과 여행에서 본 것은 헛것이다. 우주 만물을 주마간산走馬看山 격으로 대충 보고 스쳤기 때문이다. 작가가 된 지금은 어디 그런가. 기행을 계획하며 사전에 답사지의 문화와 역사 자료를 챙긴다. 정녕코 아는 만큼 눈에 보이기 때문이다. 대상을 마주할 마음부터 다르다. 기행을 다녀온 후에는 현장에서 느낌을 짧은 글로 적어 놓는다.

책을 읽더라도 눈으로만 음미하지 않는다. 독서 중에 느낀 감정과 새롭게 떠오른 생각이나 정보 등을 책의 여백에 메모한다. 책을 읽고 난 후에 밑줄 친 문장과 메모를 노트에 필사하거나 워드로 타자 쳐 파일로 저장해둔다. 이 또한, 나의 글쓰기에 밑거름이 될 양식이니 소홀할 수 없는 작업이다. 이렇게 두 눈과 가슴으로, 다시 손으로 읽으니 책 속을 여러 번 여행한 격이다. 이런 과정을 거치면, 머리가 나쁜 사람도 책의 내용을 잊을 수 없고, 책 속에서 또 다른 영감이 번뜩이리

라. 작가의 길을 가는 초보자에게 필요한 건, 문장력과 어휘력을 높이는 일. 다독과 필사만큼 좋은 비법은 없다.

모든 책은 한길로 통한다. 다독가인 홍길주는 이미 알고 있었다. 책 속 내용이나 눈에 밟힌 단서는 꼬리에 꼬리를 물고 가는 법. 책을 새끼 쳐가며 읽다 보면, 한 사람의 인생역정人生歷程이나 주변의 속사정이 저절로 파악된다. 다독과 사유의 힘이 깊어지면, 일상이 바로 깨달음의 현장이다. 희망의 부적은 바로 자신이 되어 '큰 바위 얼굴'처럼 우러르리라.

홍길주의 『수여방필』 연작을 읽고 있으면, 다양한 영역의 사유가 분방호탕하다. 제호를 '공부하는 여가에 생각나는 대로 붓을 내달린 비망록'이라는 뜻으로 방필放筆이라고 이름하였다. 참으로 겸손의 미덕이다. '수여방필'을 부연한 저서가 '수여연필'이고, 생각이 넘쳐흐른 것을 '수여난필'에 수습하였단다. 또한, "현묘한 이치를 깨달은 것도 없고 사물을 널리 상고하여 살펴본 것도 없다. 단락은 뒤죽박죽 차례도 없고 문장도 거친 채로 꾸미지 않았다. 하인이 장독 뚜껑을 덮기에나 꼭 알맞지 싶다."라고 저자는 말하지만, 『수여방필』은 『수여연필』, 『숙수념』과 더불어 서유구가 『동국총서東國叢書』에 수록하고자 별도로 정리했을 정도로 당대에 이미 주목받은 저작이다.

『수여방필』 4부작은 마치 단수필집을 읽은 느낌이다. 홍길주는 이미 21세기 짧은 수필을 내다보고 있었는지도 모른다.

그가 남긴 저서는 19세기를 대표하는 조선 후기 산문의 특징과 양상을 밝히는 데 빠뜨려선 안 되는 작품집이다. 당대의 석학이자 문장가인 대산 김매순(1776~1840)은 항해의 '글은 모두 깨달음'에서 나온 것이고 "신령스런 생각과 절묘한 구성이 허공에서 솟아난다."고 하였다.

그는 일상에서 스치는 생각들을 시시각각 놓치지 않고 사유하여 기록하고 있다. '천하의 기이한 문장, 글쓰기의 재료 모음, 문장의 좋은 경계, 문장의 진부함과 새로움', '내 문장의 비결', '내가 글을 쓸 때 고심하는 점' 등 문학 관련 내용이 풍성하다. 다양한 영역을 넘나들며 문학과 인생에 대한 견해를 그의 필체로 남겨 당대 문학사와 문화사로 훌륭한 연구 자료가 된다.

홍길주는 '시와 문의 차이'에서 그 차이를 곡식에 비유한다. '문은 밥에 견줄 수 있고 시는 술'이라고 적는다. 그는 밥을 먹듯 '문'을 빚고, 간간이 '술'도 빚었던가 보다. 인간에게 밥은 생명줄이다. 그러니 '문'은 생명이다. 작가라면, 밥을 먹듯 '문'을 쉼 없이 지어야 한다. 덧붙여 『수여연필』「독서와 일과」에 실린 연천 홍석주의 말씀을 적는다. "일과는 하나도 빠뜨려서는 안 된다. 사정이 있다고 거르게 되면 일이 없을 때에도 게을러지게 마련이다." 작가는 홍길주 말대로 '지어지지 않은 글'을 부지런히 지어야만 한다. 지금 방안은 유리창에 반

사된 햇빛으로 투명하다. 푸르스트가 그려낸 '빛의 노란 날개'
가 내려앉는 시각이다. 나는 '앉아서 하는 여행'인 독서를 즐
기고 있다.

존재의 울림을 위하여

- 다산의 마음 가누기 어려운 소리

봄은 바람의 세기부터 달라진다. 테라스 처마 끝 풍경의 소리부터 다르다. 동장군이 납실 땐 닦달하는 듯 쉼 없이 쩌렁대던 소리와 다르게 봄날의 풍경 소리는 느리고 청아하다. 산사에 적막한 풍경을 깨트리는 바로 그 소리다. 쇠붙이 종 안에 사는 물고기도 봄 마중 가는가 보다.

고요하던 정원이 갑자기 수런거린다. 박새들의 날갯짓이 부산스럽고, 울음소리 또한 한 옥타브 높아진 것이다. 새들이 나뭇가지 이쪽저쪽으로 푸드덕푸드덕 날아드는 것이 수컷들의 암컷 쟁탈전이 벌어진 듯하다. 어수선한 풍경 속 사람들의 발걸음도 빨라지고 목소리도 덩달아 공중으로 싱싱하게 튀어오른다. 봄이 내 곁에 있다는 소리다.

사람들은 대부분 눈에 보이는 것을 경계로 삼는 경향이 있다. 살펴보니 봄은 시각이 아닌 청각, 소리로 먼저 다가온다. 땅풀림 머리에서 피어오르는 아지랑이처럼 보일 듯 말듯 그리움을 더할 때 소리로 먼저 봄을 알린다. 그런데 봄이 오는 소리가 애절하게 들리는 건 왜일까. 가고 싶어도 갈 수 없고, 만지고 싶어도 만질 수 없는 천 리 밖 그리운 이에게 전하는 신호가 '소리'라서 그런지도 모른다.

현장에서 보고 듣는 것처럼 봄의 정취를 청각으로 그려낸 글이 있다. 서재에서 김애자 수필가의 감수성 넘치는 편지를 읽고 있으면, 바지런한 휘파람새의 "호오, 케꼬…" 노랫소리와 맑은 개울 물소리가 바로 귓전에서 찰랑거린다.

하마 뒷동산에서 휘파람새가 새벽마다 게으른 농부의 기침을 재촉하고, 개울의 낭랑한 물소리는 방 안까지 들어와 찰랑거립니다.

당신은 들어보셨는지요. 산간벽지에서 얼음이 풀려 흐르는 차고도 맑은 물소리를! 그것도 깊은 밤, 홀로 잠 못 이루는 베갯머리에서 들어보셨는지요. 그리운 사람을 더욱 그립게 하고, 번뇌가 사람에겐 잠을 덧들여 놓는 저 물소리를요.

[김애자 수필집 『수랫골에서 띄우는 편지』, 「빨래터에서」, 수필과비평사, 266쪽]

이은희 불경스러운 언어

"그리운 사람을 더욱 그립게 하고, 번뇌가 잠을 덧들여 놓는 저 물소리를요."라는 애달픈 구절에서 불현듯 다산 정약용의 유배일기가 떠오른다. 아마도 선생도 다산의 심중을 읽으셨던 건 아닐까. 다산은 유배지에서 마음을 가누기 어려운 세 가지 소리三聲詞를 한시로 남겼다. 조선 후기 대표적인 지식인으로 꼽는 다산이 기록으로 남긴 소리는, 정녕 특별한 것도 없는 일상의 소리이다.

자기 절제가 강한 그의 마음을 뒤흔든 소리가 다듬이 소리라니 놀라울 뿐이다. "맑은 밤, 다듬이질 소리 들을 때淸夜擣衣聲", 그는 속절없이 허물어지고 만다. 고요한 밤에 두 방망이 소리가 잦아질 듯 커지다, 점점 느려지는 소리에 끝내 잠을 못 이룬다. 어두컴컴한 골목을 울리던 다듬이질 소리는 별다른 것 없는 일상의 소리다. 하지만, 일상을 함께 누리지 못하는 위리안치에선 애달픈 소리로 들리는가 보다.

두 번째 마음을 가누기 어려운 소리는 "봄 대낮에 솜옷 빠는 소리 들을 때春晝洴擗聲"이다. 기나긴 겨울을 갓 지난 봄날 울타리 넘어 우물가 샘이 요란하다. 빨래를 두드리는 방망이 소리와 여인네의 두런거림이 그의 마음을 심란하게 한다. 유배지에서 겨우내 솜옷 한 벌로 지낸 다산은 아내의 따스한 손길이 그립고 그리웠으리라. 대낮에 솜옷 빠는 방망이 소리가 얼마나 크게 들렸으면, 마음을 가누기가 어려웠다고 일기에

직있으랴. 무언가 두드리고 찧는 소리는 학문 탐구와 정독에
는 소음이 되기 쉽다. 하지만, 그에게는 소음이 아닌 애틋한
그리움으로 가슴을 후벼 놓는다. 이 또한, 일상에 머물면 간
과할 소리이다. 방망이질 소리에 다산의 마음은 이내 고향으
로 내달렸고, 그리운 아내의 얼굴을 그리다 베갯잇은 눈물로
흠뻑 적셨으리라.

그리움의 소리가 하나 더 있다. "맑게 갠 아침, 길쌈하는
물레 잣는 소리晴朝攬車聲"에 흔들린단다. 아침에 일어나니 이
웃에서 들려오는 물레 소리에 천 리 밖 고향이 떠오른다. 대
문을 열자 고향 집 양지에서 자울자울 쏟아지는 졸음을 못 이
긴 고양이가 눈에 들고, 그날 일거리인 목화와 솜이 바리바리
쌓여 있다. 자신의 할 일을 찾아 부지런하게 움직이는 식구들
이 눈앞에 선하다. 그는 이 모든 일이 어제 일 같기만 하다.
풍비박산된 집안과 흩어진 가족을 떠올리니 어찌 흔들리지 않
으랴. 언제 해제될지 모를 낯선 유배지에서 마음을 가누기 어
려운 날은 손과 발이 묶인 자신을 한탄하며 절망하였으리라.
그의 가슴에선 문득문득 뜨거운 것이 울컥 차오르고도 남았으
리라.

세 가지 소리에서 그의 민낯을 만난 듯 반갑다. 일상의 소
리에서 다산의 인간적인 면모를 발견해서다. 그의 심중에 일
어난 이야기가 남의 일 같지 않고 아픔을 함께하는 듯 가슴이

저릿하다. 빈방에 누워 다산처럼 눈을 감아본다. 처음엔 아무 것도 들리지 않다가 시간이 잠시 흘러 바람이 스치는지 풍경 소리가 간헐적으로 들린다. 물고기가 공중을 날아 쇠붙이 종을 부딪는 소리이다. 그 모습을 뇌리에 그리니 소리는 더욱 높아지는 듯하다. 다산 또한 이러했으리라. 그러나 다산의 심중을 어지럽힌 소리는 고통과 애환이 배인 애틋한 향모向慕의 소리다. 심중에 일어난 상상력은 소리를 배가한다. 모든 것이 현장에 있는 것처럼 들리고 그려지니 그의 마음을 어찌 가늘 수가 있었으랴.

소리라고 다 같은 소리 아니고, 울림이라고 다 같은 울림 아니다. 작가들이 한 곳에서 같은 대상을 보아도 전혀 다른 글이 탄생한다. 소리 또한, 듣는 이에 따라 다르다. 무엇보다 개인의 처한 상황과 갈망하는 정도에 따라 소리의 깊이도 남다르리라.

다산이 강한 영혼으로 우뚝 선 비밀은 여기에 있다. 갈망하던 '존재의 깊숙한 밑바닥의 소리'를 들은 것이다. 절체절명의 순간과 고독을 처절히 맛본 사람이라 들을 수 있는 소리이다. 그러니 삶의 매 순간 일어나는 감각들을 어찌 허투루 보낼 수 있으랴. 우리는 어떠한가. 만물이 자신을 향하여 손을 내미는 데 무심히 스쳐버린 적이 얼마인지. 인파가 넘치는 거리에서,

지인과 만남에서, 책 속에서, 무수한 손짓을 외면하고 돌아서서 외롭다고 말한 건 몇 번인가.

다시금 창밖에 풍경 소리에 집중한다. 허공을 나는 물고기가 자유의 표상처럼 느껴진 적이 있다. 하지만, 쇠붙이 종에 매달려 꼼짝도 못 하는 물고기의 날갯짓은 허상이다. 바람을 타고 온몸을 내던져 부딪는 소리가 진정한 울림이다. 봄이 오는 소리도, 박새의 짝짓기 소리도, 다산의 마음 가누기 어려운 소리도 모두 살아 있다는 증거이자 존재의 울림이다. 그 울림은 내 안에서 불꽃처럼 일었다가 가뭇없이 스러진다. 아쉽게도 내 존재의 울림을 듣지 못한 채.

이은희 불경스러운 언어

김미경 도예가의 분청 달항아리

3부

괴이하고
불경스러운 언어

• 어디를 가든 아름답지 않은 곳이 없고,
누구와 함께하든 아름답지 않은 곳이 없다 - 이옥

• 한눈팔 수 없는 외로운 길을 심신을 불사르듯 살아가는
그 자세야말로 정말 귀한 예술의 터전 - 최순우

• 자기의 시대의 풍상을 온몸에 새겨가며
옳은 길을 오래오래 걸어나가는 사람 - 박노해

• 매일 듣지 못했던 것을 듣고 매일 보지 못했던 것을 즐길 뿐이었다
- 김려

유배객이 쓴 어보漁譜
- 김려 산문선 『유배객, 세상을 알다』

자신이 좋아하는 일을 숨길 수 없다. 어떤 상황에도 눈빛과 언어는 진실을 감추지 못한다. 김려金鑢(1766~1822)의 글 중 "보는 것을 즐길 뿐이었다."라는 문장에서 무릎을 친다. 공자의 논어 옹야편 지호락知好樂과 맞물려서다. "아는 것은 좋아하는 것만 못하고, 좋아하는 것은 즐기는 것만 못하다." 참으로 즐기는 사람을 어찌 당하랴. 집안이 풍비박산되고, 시문이 잿더미로 사라져도, 그는 발로 뛰어 자료를 모으고 글로 남긴다. 세월이 흘러 그 글이 후인의 마음을 울리고 있잖은가.

정약전이 유배지 흑산도에서 쓴 『자산어보』가 영화로 개봉되어 인기리에 회자하였다. 아마도 다산의 형이기에 더욱 초점을 받았으리라. 필자는 "자산어보"가 최초의 물고기 사전으로 알고 있었다.

그런데 김려의 저서를 정독하며 새로운 사실을 알게 된 것이다. 한국 최초의 어보는 김려가 쓴 『우해이어보牛海異漁譜』(1803년)이고, 『자산어보』는 11년 뒤 1814년 저술되었다고 적고 있다. 정약전도 『우해이어보牛海異漁譜』를 읽었으리라 추정한다.

> 나는 물고기를 잡는 데는 마음을 쓰지 않고, 다만 매일 듣지 못했던 것을 듣고 매일 보지 못했던 것을 보는 것을 즐길 뿐이었다. 그런데 사람을 깜짝 놀라게 하는, 기이하고 신비한 물고기들이 이루 셀 수가 없었다. 나는 비로소 바다가 가지고 있는 것이 육지가 가지고 있는 것보다 많고, 바다 생물이 육지 생물보다 많음을 알게 되었다.
>
> [김려 산문선 『유배객, 세상을 알다』, 「유배객이 쓴 어보漁譜」, 태학사, 19쪽]

김려는 진해로 유배 온 지 3년째 되던 해이다. 그는 우해(현, 진해)에서 소금 굽는 사람의 집에 세 들어 살며 주인집 고깃배를 빌려 타고 바다로 나가곤 한다. 인근 해역과 대양을 오가며 "매일 듣지 못했던 것을 듣고 매일 보지 못했던 것을 보는" 바다 생물의 세계와 그 느낌을 상세히 적어 1803년, 물고기 사전 『우해이어보牛海異漁譜』를 완성한다. 그리고 그는 성은을 입어 유배에서 해제되어 살아서 돌아가게 된다면, "이곳의 풍물을 이야기함으로써 해 질 녘에 피로를 푸는 하나의 웃음거리로 삼으려 할 뿐이지, 감히 박식한 선비들에게 조금이라도 도움이 될만한 것들이 있다고 생각하지는 않는다."라고 자조적 심정을 적는다. 유배에 묶여 자유롭지 못한 자신을 빗대어 한 말이리라. 그런 상황에서도 문장가답게 "박물학적 기록에 덧붙여 항목마다 어류와 관련된 풍속과 풍물을 노래한 「우산잡곡」을 지어 붙였다."

그뿐이랴. 김려는 글 잘 쓰는 벗을 아꼈다. 벗과 선배들이 남긴 글을 모아 정리하고, 자신의 작품집에 싣거나 책을 만들어 후세에 남겼다. 그 결과물이 바로 『담정총서潭庭叢書』다. "당대 문단의 편견과 구습을 과감히 떨쳐버리고 새로운 감수성과 현실 인식을 추구하는 그의 면모를 짐작할 수 있다." 김려는 정녕코 진정한 문장가이다. 21세기 후인의 주변을 돌아보면, 문인도 천차만별이다. 글을 잘 쓰고자 애쓰며 작품을 논하는 문인이 있는가 하면, 그저 문단에 얼굴을 알리고자 애쓰는 사람도 있다.

벗인 김려를 만나고자 멀리서 찾아와 가슴에 품은 책을 꺼내 놓는 이옥. 그리고 글에 관하여 서로의 심경을 허심탄회하게 풀어놓는 우정이 부러울 따름이다. 무엇보다 그 책을 잘 간직하였다가 이승을 떠난 벗을 기리며 그리워하는 마음도 각별하다.

후인은 두 분이 함께하는 장면과 도타운 우정을 그리기만
해도 기분이 좋다.

> 기상이 일찍이 소를 타고 여릉으로 나를 찾아와 소매에서 책
> 한 권을 꺼내 주었다. 제목이 '향기를 토하는 먹, 묵토향墨吐香'
> 이었다. 그가 이 글을 짓는 데 쓴 고심을 말하기에 내가 상자
> 속에 넣어 두었는데, 지금 기상이 죽은 지 어느덧 5년이 흘렀다.
> 우연히 상자를 뒤지다가 원고를 찾아내니, 그가 한평생 부지런
> 히 힘쓴 뜻이 슬펐다. 이에 베껴 써서 한 권을 만들었다.
>
> [김려 산문선 『유배객, 세상을 알다』 「향기를 토하는 벗의 노래」, 태학사, 160쪽]

기상(이옥)은 자신의 글을 보여주고자 소를 타고 김려를 찾
아온다. 이옥은 남다른 글을 쓰고 있었기에 외로웠으리라. 그
들이 머물던 시대는 한학이 주조를 이루고 소소한 일상을 그린
생활글은 대우를 받지 못하던 시대이다. "조선 문단에서 제대
로 대접받지 못하는 문학 형식,"으로 글을 짓고 있었다. "사詞
는 대부분 꽃을 읊조리고 달을 노래하니 대장부가 짓지 않는
것이다. 또 사어詞語가 화사하며 섬세하고 교묘하여 경박스럽
다는 비난이 있다."(이옥, 도화유수관문답桃花流水館問答에서) 이
것이 당시 일반적인 생각이었다.

불경스러운 언어, 소품문과 척독을 쓴다고 문체반정이 일

어났지 않았던가. 임금이 글을 고쳐 쓰기를 원했으나 뜻을 굽히지 않아 징병을 두 번이나 다녀온 사람이 바로 이옥이다. 그의 글을 베껴 쓰며 회억하는 문인이 바로 김려이다. 절로 흐르는 문향을 어찌 무력의 칼로 벨 수 있으랴. 참혹한 변을 당한 벗을 위로하고, 남다른 벗의 글을 아낀 두 문장가의 우정이 시대를 초월하여 깊은 울림을 준다.

> 가장 슬픈 것은 내가 평소 쓴 글들과 죽장竹莊 이선생의 시문 초고草稿, 그리고 여러 친구들의 편지가 모두 한 상자에 담겨 있다가 관가에 끌려가는 난리 통에 모두 잃어버린 것이었다. 문장의 액운을 어찌 이루 다 슬퍼하랴?
>
> [김려 산문선 『유배객, 세상을 알다』 「인생과 문장의 액운」, 태학사, 151쪽]

이은희 불경스러운 언어

이 글은 김려가 말년에 진해 유배시절 이후 쓴 시들을 수습하여 「귀현관시초歸玄觀詩草」를 엮고 그 뒤에 부친 글이란다. 김려金鑢는 거의 10여 년 유배지를 돌았다. 1797년 벗 강이천의 유언비어 옥사에 연루되어 경원으로 유배되었다가 다시 함경도 부령으로 옮겨졌다. 그리고 1801년 신유사옥에 다시 연루되어 의금부 관원에게 체포되어 고문을 받고 죽을 뻔하였다. 그해 4월 영남의 진해로 다시 유배되었다가 병인년 1806년 10월 비로소 풀려났단다.

집안이 몰락하여 논과 밭은 남의 것이 되고, 초가집이 비바람을 가릴 수 없도록 초라해도 슬프지 않단다. 그에게 가장 슬픈 일은 "평소에 써 두었던 자기의 시문은 물론 벗의 시문과 편지마저 잃어버린 것"이다. 이를 두고 "문장의 액운厄運이라고 통탄한다. 인생의 액운보다 문장의 액운을 더욱 가슴 아파한 사람"이 바로 김려다. 대부분 사람이 물질적 손실을 액운이라고 하지 않던가. 참으로 정신적 재산, 문학적 가치를 높인 문장가가 아니랴.

최근 생업에 몰입하느라 글 짓는 작업을 멈춘 지인이 있어 안타깝다. 좋은 작품을 쓰고도 글맥을 잇지 못하고 손을 놓고 있으니 그의 재능이 아쉽다. 그동안에 보여준 열정은 어디로 갔는지, 부질없고 헛된 시간이었는가를 묻고 싶다. 스승과 제자로 만나 공들이던 글쓰기를 단번에 내치는 사람의 마음은 어떠하랴. 이 또한 '문장의 액운'이다.

"절망과 희망이 교차하는 경계에서, 희망이 보이지 않는 연속선에서도 끝없이 글감을 찾고 글을 써내는" 문장가, 어떤 상황에서도 글쓰기를 포기하지 않는 제2의 김려가 되어야만 하리라. 그도 어둠이 깊어지도록 글공부하던 시간이며 명승고적을 답사하던 날을 추억하리라. 그와 다시 글을 이야기하고 글감을 찾아 명승고적을 탐방할 그 날을 기다린다. 벗들과 청암사靑巖寺에서 봄놀이 중 김려가 쓴 시구로 마음을 달래본다.

"청암사에 좋은 울리고 달빛은 싸늘한네/ 등불만 걸리어 책 읽던 방 기억나네."

괴이하고 불경스러운 언어

- 소품문의 대가, 이옥

작가의 입에서 심심찮게 나오는 소리가 있다. 글을 써야 하는데 '소재가 부족하다'는 고민거리다. 시간과 돈이 부족한 것이 아닌 글감이 없어 글을 쓰지 못한다는 이야기이다. 이 말에 한 문인은 주변에 널린 게 글감이란다. 그가 지면에 발표한 글의 소재는 남편과 자식 이야기인 신변잡기로 일관한다. 그러던 차에 18세기 소품을 접하며, 글감에 관한 생각이 깊어진다.

18, 19세기를 대표하는 문장가인 이옥李鈺(1760~1815)의 문장을 만나 가슴에 파문이 인다. 이옥과 관련 서적을 주문하여 탐독하며 적잖이 흥분한다. 소재가 부족하다는 문인은 이옥의 삶과 작품세계를 마주하면 부끄러우리라. 글감 탓은 핑계이며, 문학의 열정이 부족하다는 걸 깨닫게 되리라. 생활 주변에서 이옥의 눈에 띈 만물은 글감 대상이다. 그는 "한평생 소품문 창작에 전념한 흥미로운 작품을 많이 남긴 문인"이다.

이옥의 생애는 한마디로 고독하고 불우하다. 세상 밖으로 밀쳐진 그가 글을 쓰지 않았다면, 생을 견디기 어려웠으리라. 1792년 정조가 출제한 문장 시험에 소품체를 구사하여 "불경스럽고 괴이한 문체"를 고치라는 하명을 받는다. 이에 불응하여 견책받고 충청도 정상현과 경상도 삼가현으로 두 번의 충군充軍에 갖은 고초를 겪는다. 그는 유배지에서 돌아와 과장科場에 출입하지 않고, 경기도 남양에 칩거하며 글쓰기에 열중하다 여생을 마친다.

이옥의 글은 아무도 주목하지 않는 소재지만, 세상의 이치를 알린 작품들로 가득하다. 일상에 널린 물상인 새와 물고기, 짐승과 과일, 채소와 나무, 풀 등속을 자신만의 감수성으로 표현한다. 또한, 자신이 체험한 세계를 독특한 해석과 철학적 사유로 빚어낸다. 저서 『백운필白雲筆』 서문에서 "책명을 붓 가는 대로 기록한다는 필筆이라 하고, 매장마다 담談이라는 표제를 붙인 데서 알 수 있듯" 작고 보잘것없는 것에 대한 세밀한 관찰과 묘사로 심금을 울린다. 그러니 18세기 어떤 지식인과 문사가 그를 따라올 수 있으랴.

이옥은 문학적으로 "일상성의 대가"라고 불러도 손색이 없다. 일상생활의 소재와 주제를 즐겨 다루는 "현대문학의 한 장르인 수필문학, 특히 생활수필 혹은 잡감 수필의 선구자였다고 해도 과언이 아니다." 그리 보면, 수필은 전통적이고 규

범적인 '순정고문醇正古文'의 격식을 파괴한 문체로 시대의 아픔을 겪고 살아남은 문학 장르이다. 이옥은 고통스러운 상황에서도 자신만의 개성적 문체와 내용을 고집한, 문학의 한 장르를 태동하도록 앞장선 문장가이다. 일상성을 대표하는 『봉성문여鳳城文餘』에 실린 작품, 「시기市記」이다.

> 나는 너무나 심심하고 지루한 나머지 종이창의 구멍을 통해 시장 풍경을 엿보았다. 그때 마치 눈이 올 것처럼 하늘이 컴컴했는데, 눈구름인지 먹구름인지 분변하기가 어려웠다. 대략 정오는 이미 넘긴 시간이었다. 송아지만 하게 보이는 소를 몰고 오는 사람도 있고, 소 두 마리를 몰고 오는 사람도 있고, 품에 닭을 안고 오는 사람도 있다. 팔초어八梢魚(문어)를 들고 오는 사람도 있고, 돼지의 네 다리를 결박한 채 들쳐 매고 오는 사람도 있고, … 서로 만나 허리를 숙여 절하는 사람도 있고, 서로 대화를 나누는 사람도 있고, 서로 화를 내며 밀치고 다투는 사람도 있고 손을 잡아당기며 서로 희롱하는 남자와 여자도 있고.

[한정주 『글쓰기 동서대전』, 이옥 『봉성문여鳳城文餘』 「시기市記」, 김영사, 451쪽]

겨울 저잣거리의 인정과 풍물을 진솔하게 그려낸 장날 풍경이다. 경상도 삼가현에 충군으로 머물며 지은 글이다. '있고'라는 반복 문장이 단조롭지만, 사람마다 각각의 특색과 변화가 있는 생동감 넘치는 글이다. 선비들이 수저하던 저잣거리 풍경을 화가 김홍도나 신윤복이 그림으로 문장가 이옥이 글로 남기지 않았다면, 그 시대의 생활상과 사람 냄새나는 풍경을 어찌 느낄 수 있으랴. 그의 글로 18세기 선인의 문화와 풍습이 눈앞에 생생하다.

후인은 글 속에서 선인의 삶을 공유하고, 그 시대의 문화를 고증한다. 『글쓰기 동서대전』의 저자인 한정주는 이옥의 작품집 『백운필』에 실린 「담충談蟲」을 자신이 본 수천수만 편의 소품문 가운데 가장 탁월하고 독보적인 걸작이라고 극찬하고 있다. 일상에서 발견한 "사소하고 하찮고 보잘것없는 미물(존재)의 위대함과 비범함, 거대함의 역설"이 느껴지는 작품이다.

이은희 불경스러운 언어

"즐겁구나, 벌레여! 이 사이에서 태어나고 이 사이에서 성장하고, 이 사이에서 기거하고, 이 사이에서 입고 먹고 자는구나. 더욱이 이 사이에서 늙어가겠지. … 귀로는 듣지 않고 눈으로는 보지 않으며 그 수숫대의 하얀 속살을 이미 실컷 먹으며 배부르게 살다가, 이따금 우울하거나 답답하고 심심하거나 지루할 때면 그 배때기를 세 번 굴려서 위의 마디에 이르러 멈추니, 이 또한 하나의 소요유逍遙遊라고 하겠다. 어찌 거대하고 광활해서 여유로운 땅이라고 하지 않겠는가? 즐겁구나, 벌레여!"

[한정주 『글쓰기 동서대전』, 이옥 『백운필白雲筆』 「담충談蟲」, 김영사, 473쪽]

이옥의 글을 접하며 카프카의 그레고리 잠자가 떠오른다. 시대상으로 누가 먼저인지는 따지고 싶지 않지만, 아마도 이옥의 글을 만났다면, 무릎을 쳤으리라 본다. 거대한 갑충인 벌레로 변한 그레고리 잠자, 카프카의 『변신』은 실험성 짙은 글이다. 이옥이 스스로 벌레가 되었다는 말은 없다. 하지만, 글 속에서 사물과 자아의 주관적 일체감이랄까. 수숫대 속의 벌레를 묘사하는 것처럼 보이지만, 실상 벌레는 이옥 자신을 의인화한 것이다. 자신이 펼치고 싶은 세계를 마음대로 펼치지 못하는 세상과 불화를 수숫대 속 벌레에 비유한 것이다. 서얼 출신에 문체반정으로, 속세로 밀려난 그가 미물인 벌레가 되어야만 비로소 기탄없이 말할 수 있는 현실이 아닌가. 그의 생애와 맞물려 글에서 소외감과 고독감이 절절하다.

정조로부터 소품체 작가로 지목된 강이천(1768~1801)은 이옥의 작품을 읽고 '붓끝에 혀가 달렸다.'고 전한다. 하지만, 문장가인 이옥의 고민도 다르지 않다. 『백운필白雲筆』 서문에서 '내가 이야기하려는 것은 무엇인가?', '나는 또 무엇을 가져다 말하고 붓으로 써야 할 것인가?' 자문하였다. 이러한 작가 정신이 시대를 앞서가는 대가大家로 이끈 것이다. 또한, 남다른 점은 25세의 이옥은 제야를 특별하게 기념한다. 그는 문학의 신에게 제를 올리며 「문학의 신에게 올리는 제문」과 「섣달그믐의 바람」을 지었다. 문학의 신은 아마도 자기 내면의 다른 이름이리라. 글을 짓고자 곱아먹은 자기 정신에게 사죄하는 의미로 제를 올렸다니 참으로 흥미롭지 않은가.

21세기 수필가는 "괴이하고 불경스러운 언어"를 탐독한다. 시대의 아픔을 나눈 벗과 그의 작품을 알아보고 책을 엮은 후인이 있어 다행이다. '이옥의 작품은 양적으로 많을 뿐 아니라 질적으로도 우수하다. 그는 수많은 작품을 창작했으나 체계적으로 정리된 적이 없다.'라고 전한다. 그나마 절친한 벗인 김려金鑢(1766~1822)가 그의 저서 『담정총서薄庭叢書』에 일부를 실었다. 이밖에 『백운필白雲筆』과 『연경, 담배의 모든 것』, 『이옥전집』 등은 최근에 와서야 발굴된 것이다. 그의 소품이 제자리에 안착하지 못하고 어딘가에 떠돌고 있을지도 모른다. 두 눈을 크게 뜨고 고서를 관심 있게 볼 일이다.

수필 인구 사천 명 시대를 맞고 있다. '21세기는 수필 시대가 될 것이다.'라는 이어령 선생의 예언이 적중한 것이다. 수필을 일러 문학성이 없다고 말한다. 18세기에도 소품을 폄훼하다 못하여 징벌까지 내리는 문체반정이 벌어진다. 당대에도 이어지는 모욕을 당하지 않으려면, 적어도 수필가들이 변화해야만 한다. 현대수필 발행인 윤재천 교수는 "문학성은 변화에서 나온다. 수필은 변화해야 하고 디자인하라."고 주문한다. "문학성은 다양한 변화를 두려워해선 안 되고, 남의 눈치

보지 말고, 남을 닮으려 하지 말고, 자기만의 글을 써야 한다. 쓰고 싶은 것을 쓰고, 실패해보고, 성공도 해봐야 한다." 18세기 소품의 대가 이옥처럼 자신만의 철학이 담긴 수필의 길을 열어가야만 한다.

지금 우리는 가을의 영토 안에 머문다. 산야에 단풍을 바라보니 이옥의 문장이 떠오른다. 이옥의 중흥유기重興遊記의 글처럼, "어디를 가든 아름답지 않은 곳이 없고, 누구와 함께하든 아름답지 않은 곳이 없다."는 찬사처럼 온 천지에 오색 단풍 들고 낙엽이 구르니 어찌 마음이 흔들리지 않으랴. 인간의 마음은 아름다움에 흔들리라고 지구에 자리하는가 보다. 선인처럼 글감 잡으러 가을 속으로 떠나보자.

3부 괴이하고 불경스러운 언어

눈물은 어디에 있는가
- 심노숭 「눈물이란 무엇인가」

사람의 마음은 저절로 알게 되지 않는다. 관계가 부부이든 친구든 동료이든 어떤 행위를 통하여 알 수 있다. 그리고 사랑의 마음을 전하려면, 상대의 마음에 들도록 노력해야만 한다. 그녀의 마음에 드는 선물 공세를 하든가 아니면 온몸을 던져 감정을 표현해야만 하리라. 용기 없는 사람은 짝사랑만 하다가 지구를 등질 수도 있다. 짝사랑의 한 맺힌 영혼으로 상대의 주변을 떠돌지도 모른다. 이와 달리 시대를 앞서간 남자, 자신의 감정에 솔직한 사대부가 있다. 아내를 향한 진솔한 이야기가 세대를 훌쩍 넘어 후인의 가슴을 울린다.

'눈물'을 설파한 심노숭沈魯崇(1762~1837)이다. 그는 정조, 순조 연간의 학자요 문인이다. 자는 태등泰登, 호는 몽산거사夢山居士, 효전孝田이다. 소품을 자주 읽고 창작에 열중한 '조선 사대부의 문학으론 매우 색다른 정취'를 보여준다. 정녕 가부

이은희 불경스러운 언어

장적 조선 사회에 물들지 않은 남자이다. 젊은 시절 아내가 죽었을 때 상처로 인한 자신의 슬픈 내면을 묘사한 글이 많다. 어린 딸과 아내를 연달아 잃은 슬픔에 여흘여흘 그가 흘린 눈물은 한강을 차고도 넘치리라. 아내의 무덤을 항시 지키며 곡을 하다 어떤 때는 눈물이 나오지 않는다고 글로 남긴 것이다.

> 눈물은 눈에 있는 것인가? 아니면 마음(심장)에 있는 것인가? 눈에 있다고 하면 마치 물이 웅덩이에 고여 있는 듯한 것인가? 마음에 있다면 마치 피가 맥을 타고 다니는 것과 같은 것인가? 눈에 있지 않다면, 눈물이 나오는 것은 다른 신체 부위와는 무관하게 오직 눈만이 주관하니 눈에 있지 않다고 할 수 있겠는가? 마음에 있지 않다면, 마음이 움직임이 없이 눈 그 자체로 눈물이 나오는 일은 없으니 마음에 있지 않다고 할 수 있겠는가? 만약 마치 오줌이 방광으로부터 그곳으로 나오는 것처럼 눈물이 마음으로부터 눈으로 나온다면 저것은 다 같은 물의 유로써 아래로 흐른다는 성질을 잃지 않고 있으되 왜 유독 눈물만은 그렇지 않은가? 마음은 아래에 있고 눈은 위에 있는데 어찌 물인데도 아래로부터 위로 가는 이치가 있단 말인가!

[심노숭 산문선 『눈물이란 무엇인가』, 태학사, 51쪽]

3부 괴이하고 불경스러운 언어

과연 눈물은 어디에 있는 것일까? 그의 말대로 눈물은 어디에서 오는가. 필자 또한, 눈물의 출처가 궁금하다. 신체의 구멍 난 부위를 아무리 살펴도 답이 나오질 않는다. 눈물은 정녕 원할 땐 나오지 않는 인정머리 없는 냉혈물질이다. 상사에게 꾸지람을 받는 자리에서 눈물이 빗물처럼 흘러 주책없을 때도 있다. 어디 그뿐인가. 환하게 미소를 보이며 축하받는 자리에서 눈물은 왜 흐르는가. 참으로 종잡을 수 없는 대상이 바로 눈물이다.

필자도 효전의 생각과 다름없다. 온몸의 세포가 울어야만 한다. 눈물은 밑바닥에 깔린 세포까지 흔들어 감성을 건드려야만 저절로 흐르리라. 심노숭은 '느꺼움이 있는 그 순간 아내는 늘 자기 곁에 있는 것'이라고 말한다. 가슴을 울리는 느꺼움이 중요하지, 어떤 '자리와 자리 아님, 곡하고 곡하지 않음, 제사와 제사 아닐 때 등'과 같은 것은 별 의미가 없다고 북받치는 감정을 토로한다.

효전의 「눈물이란 무엇인가」는 눈물에 관한 사유가 깊은 글이다. '한문 산문 문체의 하나인 원原체로 지어진 작품'이다. 죽은 아내나 자식 혹은 친구를 생각하며 슬퍼하는 글을 도망문悼亡文이라 부른다. 자기 경험을 바탕으로 적은 그의 도망문 중 손꼽는 글이다. 사랑하는 아내와 어린 딸을 잇달아 그의 손으로 묻었으니 가슴이 얼마나 아프랴. 아내의 무덤가에서 어떤 날은 곡을 해도 눈물 한 방울도 안 나오다가, 어떤 날은

이은희 불경스러운 언어

왈칵 눈물이 쏟아지는 걸 경험한 것이다.

눈물이 마음을 먹는다고 흐르는 게 아니다. 누선은 하늘의 신도 어쩌지 못하는 영역이다. 어떤 이가 시도 때도 없이 눈물을 요구한단 말인가. 잡생각이 많은 날은 감성도 메말라 눈물도 마르고, 그리움이 절절해야만 눈물도 강물처럼 흐르리라. 그리운 아내 생각에 애달픈 작품들이 쏟아진 듯하다.

"파주 집 곁에 저를 묻어주세요."

라고 하니 서로 얼굴을 마주하고 눈물을 흘렸다. 집이 파주로 이사 오던 날 아내는 관棺에 실린 채 왔다. 아내의 무덤 자리를 정하였는데 집에서 백 보도 되지 않는 곳이었다. 기거하고 음식을 먹을 때 아내의 넋이 통하는 듯했다.

[심노숭 산문선 『눈물이란 무엇인가』, 「산에 나무를 심는 이유」, 태학사, 42쪽]

사랑하는 마음을 전할 수 없어 애달프다. 1792년 아내를 사별한 슬픔 속에서 쓴 글이다. 아내 무덤을 쓴 파주 선산에 나무를 심게 된 내력이다. 아내는 그와 약속한 소박한 꿈을 저버리고 파주로 이사 오던 날 상여로 실려 온 것이다. 억장이 무너지는 심정에 눈물이 앞을 가려 발걸음이 떨어지지 않았으리라. 그의 슬픔을 어찌 가늠하랴. 아내의 바람인 꽃과 나무를 끝내 보여주지 못한 효전은 회한의 감정으로 화단 가꾸기에 집착했으리라. 또한, 훗날 자신이 가꾼 터에 묻혀 영원히 함께한다는 절규에서 눈시울을 뜨겁게 한다.

심노숭은 외로웠으리라. 누구처럼 절친하게 서로를 깊이 알아주고 격려해주는 친구도 없었다. 그의 곁엔 아내와 아우 뿐이었다고 해도 과언이 아니다. 스스로 '정약精翳하기가 꼭 아녀자 같다고 고백하였고, 궁함과 고통이 극에 달하면 부처에게 의지하기도 한 인물이다.' '그는 문학이든 삶이든 허위와 허세를 극도로 배격하고 참과 진정, 솔직함을 늘 강조'하였다.

여기에 소개한 작품은 말 그대로 '사소한 것 하나라도 놓치지 않으려는 글짓기 병이 남긴 귀중한 산문이다.' 그는 '유독 글짓기에 대한 욕구는 사라지지 못하였다.'고 스스로 글짓기 병에 걸렸다고 자처한 그의 일상을 『자저실기自著實紀』에 실었다. '당대의 어떤 지식인과도 구별되는 독특한 개성적인 자의식을 갖고 있었던' 심노숭이다. 필자는 시대를 앞선 고독한 문인의 모습을 그려본다. 무엇보다 사별한 아내의 빈자리를 서러워한 한 남자에 서정의 글이 가슴에 와닿는다.

끝으로 효전의 도망시 최고작인 「그대 얼굴 위로 쑥은 다시 돌아나고」란 시詩를 읊조려본다. '오늘 우연히 재수 씨가 차려준 상 위에/ 부드러운 쑥이 놓여 있기에 문득 목이 메이네/ 그때 나를 위해 쑥 캐주던 이/ 그 얼굴 위로 도톰히 덮이고 거기서 쑥이 돋아났다네.' 아내의 형상이 도처에 살아나는 애

이은희 불경스러운 언어

절한 문장이다. 그의 지고지순한 사랑과 그리움에 눈시울이
붉어지는 깊은 밤이다. 눈물은 이렇듯 세대를 뛰어넘어 문자
로 도도히 흐른다.

3부 괴이하고 불경스러운 언어

아름다움을 앓다

- 최순우 「나는 내 것이 아름답다」

오늘처럼 잔뜩 후덥지근한 날은 옛집이 몹시 그립다. 소나기가 마당에 흙먼지를 일으키며 후드득후드득 훑고 가는 것이 눈앞에 선하다. 거침없이 쏟아지는 소나기가 더위에 지친 육신을 가뿐하고 후련하게 한다. 기왓골 따라 떨어지는 낙숫물 소리와 비릿한 빗물 냄새가 온몸의 감각을 일깨운다. 간만에 비를 맞아 생기 넘치는 푸나무가 자아내는 그윽한 정취를 어찌 말로 형용하랴.

가슴에 그리던 고아한 정취를 성북동에서 맞닥뜨린다. 골목을 들어서자마자 기와지붕 끝 날렵한 추녀선이 제일 먼저 시선에 든다. 정녕 대문부터 남다른 기운이 감도는 기와집이다. 관람객이 평소에도 북적이는데, 오늘은 비가 추적거려 한유한가 보다. 문턱을 넘자 작은 우물과 꽃밭, 굽은 소나무와 향나무가 아담하게 자리한다. 사랑방 격자무늬 창 너머로 뒷마당의 수목이 어려 멋스럽다. 성북동 '최순우 옛집'은 자신이 평생 찾고 알린 한국미의 아름다움과 기품을 보여주는 공간이다.

혜곡 최순우 말대로 스치듯 보는 것이 아니라 가슴으로 느끼며 생각이 돌도록 집안을 톺아본다. 그가 항시 앉았을 법한 툇마루에 앉아본다. 기와집 툇마루에 앉아 먼 산을 바라보는 일이 그림처럼 그려진다. 지붕에서 빗물이 뜰 앞의 이지러진 돌확으로 주룩주룩 떨어져 출렁이며 넘친다. 낙숫물 소리가 하도 좋아 마당에 놓인 화강암 돌확에 시선 박고 물무늬를 그리며 일어나는 파동이 온몸에 전해지는 듯하다. 나는 빗소리의 울림과 예스러운 돌확 하나에 무아지경이다. 비 내리는 날의 운치와 이끼 낀 돌확에 조형의 아름다움이 이루 말할 수가 없다.

자연과 소소한 물상에서 우러나는 분위기에 젖어 평화롭다. 현대의 건축물 빌딩과 아파트에선 보고 느낄 수 없는 옛것이 주는 멋과 정취이다. 혜곡은 한국미의 근원은 산과 들의 편안하고 푸근한 자연에 있다고 여기고, 집안에도 사시사철 수목과 은은한 꽃향기를 즐겼다. 또한, 오랫동안 함께한 물상과 자연 풍화로 낡고 소소한 것들에서 아름다움을 찾아내 소개한다.

괴괴한 풍모를 비바람에 씻기는 괴석은 말할 것도 없고, 뜰 앞의 이지러진 돌확 하나, 오래된 암자의 오르막길에 운치 있게 놓인 낡아 빠신 댓돌들 또는 옛 절터의 이끼 낀 담장돌 하나에도 돌의 아름다움은 무한히 스며 있다.

[최순우 『나는 내 것이 아름답다』 「돌·침묵하는 미학」, 학고재, 39-40쪽]

혜곡은 비바람에 씻긴 괴석과 이지러진 돌확, 닳아 빠진 댓돌에서 아름다움을 느낀단다. 발밑에서 스치고 지날 물상을 지면에 아름답게 승화시킨다. 한국미에 대한 남다른 시선이 탁월하고, 별거 아닌 것 무생물이 살아 있는 듯 아름답게 묘사해 이야기를 풀어내는 그는 분명 명필가다. 자신의 일상을 늘 새롭고 풍요롭게 가꾸는 그의 맑은 정신을 닮고 싶었던 기억이 떠오른다. 그 후로 옛것을 찾아 바라보며 그 이면까지 깊이 사유하는 버릇이 생겼다. 내가 한국미를 사랑하고 전통의 미를 간직한 옛것을 보고 느끼며 글로 표현할 수 있었던 것은 모두 선생 덕분이다. 혜곡을 직접 뵌 적은 없지만, 저서를 통하여 교감하며 나의 시선과 정신을 변화시킨 장본인 셈이다. 같은 곳을 바라보며 또 그 속에 몸을 담아 스스로 화중지인畵中之人이 되고자 정진 중이다.

저서와 관련하여 짚고 넘어가야 할 단어가 있다. "나는 내 것이 아름답다."의 책 제목에서 지칭한 '내 것', 표면적으론 '나의 것'이다. 근시안적으로 본인의 소유물일 수도 있다. 하지만 그의 서적을 탐독하다 보면, 선생이 빚어낸 정갈한 언어

이은희 불경스러운 언어

에서 절절한 한국미 사랑을 알게 되리라. 한국에서 만들어진 아니 생활의 손때 묻어 낡고 닳아빠진 도구 및 우리네 삶의 문화와 산하를 총체적으로 일컫고 있다.

한국적이란 말은 한국 사람들의 성정과 생활양식에서 우러난 무리하지 않는 아름다움, 자연스러운 아름다움, 소박한 아름다움, 그리움이 깃들인 아름다움, 수다스럽지 않은 아름다움 그리고 이러한 아름다움 속을 고요히 누비고 지나가는 익살의 아름다움 같은 것을 아울러서 뜻하는 것인지도 모른다.

[최순우『나는 내 것이 아름답다』「낱낱으로 본 한국미」, 학고재, 155쪽]

'혜곡이 찾고, 키우고, 퍼뜨린 아름다움은 우리 것'이다. 한국 산하의 아름다움, 우리 눈 앞에 펼쳐진 모습 그 자체이다. 자연스러움과 그리움, 수다스럽지 않음과 소박함, 익살스러움 등 생활에 녹아든 아름다움을 찾는다. 남의 것이 아닌 우리의 것은 보지 않는 자에게는 보이지 않는다. '아름다움은 발견'이란다. "아름다움의 '아름'은 알음이자, 앓음이다. 앓지 않고 아는 아름다움은 없다. 혜곡이 그러하다. 알음을 아름답게 하려고 아니 우리 것의 아름다움을 낱낱이 일별하고자" 그는 '평생'을 앓았다.

예술이란 하루아침의 얄팍한 착상에서 이루어지는 것도 아니며, 재치가 예술일 수는 더욱이 없는 일이다. 참으로 자나 깨나, 앉으나 서나 그것만을 생각하고 그것만을 위해서 한눈팔 수 없는 외로운 길을 심신을 불사르듯 살아가는 그 자세야말로 정말 귀한 예술의 터전일 수 있다고 나는 믿고 있다.

[최순우 『나는 내 것이 아름답다』 「장욱진, 분명한 신념과 맑은 시심」, 학고재, 118쪽]

선생의 말대로 예술에는 혼이 담겨야만 한다. 어디 예술뿐이랴. 인간 세상도 마찬가지이다. 상품을 파는데 얄팍한 상술로 물건을 판다면, 평생 단골을 잡을 수가 없다. 상품이 아닌 인정을 팔아야 한다. 왜란에 끌려간 장인에게 한국에서 보았던 도자를 똑같이 빚으라고 강요하니 이 또한 무지한 까닭이다. 우리의 것과 흙과 물이 다르고, 우리만의 고유문화와 풍습이 다른데 어찌 같은 걸 빚을 수 있으랴. 무엇보다 도자를 빚는 장인의 마음을 살펴야 할 것이다. 참으로 자나 깨나, 앉으나 서나 오직 그것만을 생각하고 심신을 불사를 때 예술작품이 탄생하는 걸 왜 모르는가.

이충렬의 『혜곡 최순우 한국미의 순례자』에서 한국의 미를 세계 속에 꽃피운 최순우의 삶과 국보 이야기가 상세히 펼쳐진다. 어려운 환경에서도 굴하지 않고 우리의 문화유산을 지키고자 애쓰고, 격무에 시달리면서도 우리의 것을 글로 알리

이은희 불경스러운 언어

는 작업을 지속했던 혜곡의 삶 앞에서 가슴이 뭉클했다. 굶는 한이 있어도 우리의 것을 되찾고자 전 재산을 탕진한 간송 전형필과 혜곡 최순우는 우리 문화유산을 알리고 지킴이 역할을 한 분들이다.

혜곡은 자연이나 조형의 아름다움은 사랑보다 외로움이고 젊음보다는 호젓함이며, 서로 공감하는 반려를 애타게 찾는다. 그의 말은 박노해 시詩와 맞물린다. "오랜 시간을 순명하며 살아나온 것/ 시류를 거슬러 정직하게 낡아진 것/ 낡아짐으로 꾸준히 새로워지는 것"이다. 참으로 혜곡은 "자기의 시대의 풍상을 온몸에 새겨가며 옳은 길을 오래오래 걸어나가는 사람"이다.

오늘도 그날처럼 비가 주룩주룩 내린다. 옛집의 정취를 느끼고자 집안에 돌확도 들이고 테라스에 지붕을 달아 흉내를 냈으나 그 멋과 풍취가 돌지 않는다. 어쨌거나 나는 처마에서 돌확으로 떨어지는 낙숫물 소리와 그 분위기가 참 좋다. 또한, 비가 내리는 날이면, 담배를 깊게 들이마시는 혜곡의 쓸쓸한 눈빛과 자태가 떠오르고, 그가 책 속에서 금방이라도 걸어 나와 옛집의 대문을 삐걱 열고 들어설 것만 같다.

묘사, 그 치열함의 세계로
- 심노숭 「자저실기自著實紀」

대상을 향하여 상체를 한껏 구부리고 살찐 엉덩이를 삐죽 내민 형상이다. 검은 뿔테 안경을 오른손으로 치켜올려 대상을 톺아보는 중노인. 정장을 차려입은 남자가 엉덩이를 내밀고 그림을 바라보는 모습은 차마 혼자 보기 아까운 광경이다. 그의 뒷모습은 금방이라도 화폭으로 들어갈 태세이다. 어디선가 요원이 나타나 노인의 행동을 저지하며 실선 밖으로 나가란다. 이름난 전시장에서 내로라하는 작품을 감상하는데 격을 갖춰야 하는가. 그들의 수다스러운 행위의 장은 바로 '힘의 응집 리얼리즘 구자승展' 정물화 앞에서다.

노인은 그림에 이끌려 들어갔으리라. 몸이 먼저 그림에 반응한 것이다. 달리 생각하면, 자연스러운 현상이다. 멋진 경치나 대상을 보면 감탄하며 가까이 다가가 보고 싶은 충동이 일어난다. 정녕코 구자승 화백의 그림을 마주하면 물상이 실제인가 확인하고 싶은 욕구가 커진다. 유리 화병에 꽂힌 알록달록한 꽃의 향기를 맡고자 코를 박고 싶어질 정도이다. 아니면 진짜 꽃인지 아닌지 확인하느라 그림 속 꽃을 손가락으로 만지고야 말리라.

지난달 예술의 전당 한가람미술관에서 한국 최고의 사실주의 화가 구자승 화백의 회고전이 열렸다. 유학 초기 시절 1970년대부터 현재까지 그린 150여 점의 작품이 걸려 세간의 화제가 되었다. 구 화백은 '숨을 쉬는 그림, 그 대상들이 주는 미세한 호흡 찾으려 늘 탐구한다.'라고 말한다. 그만큼 치열한 '사실주의' 세계를 구축하고 싶었던 화백이다. 정물화와 인물화, 누드화와 데생까지 오감을 충족할 전시를 언제 어디에서 또 만나랴. 그림에 문외한인 시골 무지렁이도 그림을 감상하고 싶은 마음에 한달음에 달려간 것이다.

진정 전시를 관람하지 못한 사람은 아쉬워해야 한다. 그의 그림을 보지 못 한 사람은 어떤 느낌을 말하는지 감흥이 제대로 잡히지 않으리라. 정물이 눈앞에 있는 듯 착시가 일어나는 세밀한 터치이다. 그림을 바라보며 순간 묘사가 그림에만 있는 것이 아닌 걸 깨우친다. 문학, 글 속에도 정교한 묘사가 살아있다. 그리고 사실주의 문인은 오래전부터 존재한다. '글쓰기 병에 걸린' 사람이라고 칭할 정도로 당대의 생생한 이야기를 남긴 효전 심노숭沈魯崇(1762~1837)의 고백이다.

나는 어려서부터 초상화를 좋아해 화공만 만나면 조상화를 그려달라고 졸라댔다. 몇 명의 화가를 거쳐 수십 본本을 바꾸어 그렸으나 하나도 닮은 것이 없어서 제풀에 지쳐 포기하고 말았다. 그림으로 그려낼 수 없다면 글로 표현할 수밖에 없다. 글이라면 굳이 남의 손을 빌릴 필요 없이 차라리 내가 직접 써서 후세 사람에게 신뢰를 주는 편이 낫다.

[심노숭 『자저실기』 「용모」, 휴머니스트, 29쪽]

후인은 18세기 말에서 19세기 초반에 문인 심노숭의 『자저실기自著實紀』에서 옛사람의 일상과 풍속을 확인할 수 있다. "심노숭은 자신이 지나온 삶의 자취가 춘몽처럼 스러질까 봐 76년의 인생역정을 집요하리만큼 꼼꼼하게 기록해 놓았다." 라고 말한다. 일상의 신변잡사가 그 시대의 문화를 짐작하게 한다. 어디선가 들은 소문이나 일화 또한 우습게 볼일이 아니다. 사실적 묘사와 풍부한 감성의 기록이 시공간을 초월하여 선인의 삶을 증언하고 있기 때문이다. 온몸으로 치열하게 그려낸 심노숭의 글 덕분에 고전과 현대 문학을 아우른다. 그가 '글쓰기 병'에 걸렸으니 망정이지 그렇지 않았다면, 어찌 그 시대 문인의 삶과 문화의 결을 고스란히 느낄 수 있으랴.

심노숭은 역시 남다른 사람이다. 양반사대부라면 가문이나 행적, 자기 모습도 미화하여 그려내리라. 누구라도 자신의 껄

끄러운 부분은 드러내려고 하지 않을 것이다. 그런데 그는 죽기 전에 스스로 옷을 벗어 나상이 된다. 머리끝에서 발끝까지 남들이 숨기는 단점까지도 적나라하게 밝힌다. 그의 고백과 폭로의 글은 요즘처럼 사진을 찍어 보기 좋게 포장하는 사람들과는 다른 사람임이 틀림없다. 바로 사실주의 작가의 전범이 아닐까 싶다. 효전이 그린 자기 모습과 성격과 기질 등을 살펴본다.

"몸은 깡마르고 허약하며, 키는 보통 사람들보다 훨씬 작다."라고 "어려서는 옷을 가누지 못할 만큼 허약해서 혼담을 하러 온 사람이 내 모습을 보고 혼사를 물렸다. 요절할 관상이라는 이유에서였다."라고 적는다. 성격은 급하고 결벽증이 있지만, 모질지 못해 남을 심하게 대하지 않는다. '근엄한 얼굴, 꾸며대는 언사, 남을 속이는 술책, 과장하는 말투' 따위를 보면 혐오스러워 자신도 모르게 심한 말이 튀어나온단다. '윗사람에게 대들기 좋아하고 아랫사람은 함부로 대하지 않는다.'라고, '쉰 살 이후에도 여전히 한자리에서 감을 6, 70개를 먹었고', '정욕은 남보다 지나친 면이 있어' 젊을 때는 하마터면 '패가망신할 지경이었다.'라고 토로한다.

선비가 자신의 치부를 노골적으로 고백하기는 쉽지 않다. 글 속에서 자신의 단점을 가감 없이 그려낸 진정한 사실주의 작가이다. 효전이 적나라하게 묘사한 것은 어떤 장치일지도 모른다고 후인은 말한다. 그렇다면, 과연 당신은 글 속에서 스스로 나상이 되어 서 있을 수 있는지 묻고 싶다. 그는 남들의 시선을 두려워하지 않고 거리낌 없이 글로 표현한다. 스스로 문제가 많은 인간임을 솔직하게 그렸기에 독자는 거부감보다 호기심이 더 커진다. 치열한 작가 정신이 빚어낸 결과이다.

수필가인 나의 글쓰기를 돌아보게 하는 순간이다. 글쓰기 초반에 수필을 어떻게 그려내야 할지, 독자의 마음을 어떻게 사로잡을까 고민하였다. 공모전 수상 작품 대부분이 주제가 되는 주된 소재를 이야기 형식으로 끌고 나간다. 이럴 때 핵심이 되는 장면이나 캐릭터를 사실적 묘사로 표현하면 글의 생동감을 얻을 수 있다. 실제 대상을 바라보는 듯 사실적으로 그려내는 것이다. 어떤 사물이나 현상에서 느껴지는 미묘한 재미나 흥취가 더할 수 있기 때문이다.

글 속 묘사는 저절로 그려지진 않는다. 대상의 속성을 충분히 이해하고 배경이 되는 것과 조화로워야 한다. 또한, 대상과의 소통과 작가의 사유 등을 고려해야 한다. 문인 심노숭은 '있는 그대로를 전달하려는 묘사의 진실성에서 글이 초상화보다 더 효과적'이라고 믿었고, '문학이든 삶이든 허위와 허세를 극도로 배격하며' 진정성을 강조하였다. 자기 모습과 실상을 가감 없이 드러낸 그의 인간적인 면모가 정겹다. 구 화백 또한 화폭에 정물을 옮기며 대상이 숨쉬기를 원했고, 그가 바란 대로 관객은 그림과 하나가 되고자 화폭으로 뛰어들었다. 두 분은 스스로 자문하며 사실주의란 길을 냈고, 그 길로 오롯이 걸어간 예술가이다. 미술과 문학, 분야는 다르지만 치열한 작가 정신을 무장한 묘사의 대가들이다.

다시 그림 앞이다. 초원이 펼쳐진 거실 창 앞에 서 있는 듯 착각이 일어나는 정물화이다. 저절로 심신이 안정되고 평화로운 느낌이다. 화백은 화폭에다 시간의 흐름을 정지시켜 놓은 듯하다. 그림에 자신이 하고 싶은 이야기를 투영한 것 같지만, 보는 이마다 각자의 추억 속으로 빠져든다. 화백의 말대로 한 폭의 정물화는 "무수한 꿈의 파편들이 부서져 그 잔해의 흔적을 극복하고, 온전한 오브제"로 글 속에서 꿈틀거린다.

4부

몸과 마음이
따로 가는
영혼

• 사물은 평정을 잃으면 운다 – 한유

• 세상의 불우한 사람은 모두 우리들의 책임이네 – 허균

• 일망무제의 초록색은 조물주의 몰취미와 신경의 조잡성으로
말미암은 무미건조한 지구의 여백이다 – 이상

• 뜰에 항아리가 흡수하는
월광으로 인해 온통 달이 꽉 차 있는 것 같기도 하다 – 김환기

• 아주 일그러지지도 않았으며 더구나 둥그런 원을 그린 것도 아닌
이 어리숙하면서 순진한 아름다움에 정이 간다 – 최순우

내가 우는 이유는

- 한유 『자를 테면 자르시오』

세계는 지금 평정을 잃었다. 바이러스 감염자와 사망자가 날이 갈수록 늘어나는 상황이다. 여러 대책을 강구하나 진전의 기미가 보이지 않는다. 코로나19는 순식간에 인간의 손과 발을 묶어 놓는다. 개인과 상점 그리고 국가들이 빗장을 걸고 있다. 문을 닫는 행위는 잡았던 손을 놓는다는 증거이다. 서로를 믿지 못하는 모습 같아 불편하다. 여러모로 우울하다. 심신이 우울한 사람이 어디 한둘이랴. 나도 통곡의 방에 들어 큰 소리로 울고 싶은 심정이다.

요즘 세계인이 가장 많이 사용하는 언어가 '코로나'이리라. 고통의 단어를 누군가의 이름처럼 흔하게 부르고 있다. 그 이름을 수없이 부르다가 정이 들까 두렵다. 무엇보다 전염병의 영향으로 애간장을 태우며 속울음을 쏟는다. 사람들이 찾지 않는 식당과 여행사, 출판사와 인쇄소가 울고, 생업과 육아의 간극에서 맞벌이 부부가 울고 있다. 그들은 눈물보다 진한 피눈물을 흘리고 있는지도 모른다.

정녕 보통의 일상이 그립다. 남녘의 매화꽃이 구름같이 피었다가 스러지고 연둣빛 이파리가 손짓한다. 그러나 문밖을 한 걸음도 나설 수가 없다. 꽃구경 기약은 코로나19로 어그러지고 녹음이 무성해도 나다닐 수가 없다. 언제나 묶인 발이 풀리려나. 발 달린 짐승으로 태어난 것이 후회스럽다. 이런 불편한 환경을 만든 대상을 따져 물으면, 그 누구도 자유로울 수가 없다. 답답한 마음을 어디에다 털어놓으랴. 순간 떠오르는 문장가가 있다. 당송팔대가인 한유는 사물이든 사람이든 평정을 잃으면 '가장 잘 우는 것을 골라 그것을 빌려 운다.'라고 적는다.

> 사물은 평정不靜을 잃으면 운다. 초목草木은 소리가 없지만 바람이 흔들어서 울고, 물도 소리가 없지만 바람이 쳐서 운다. − 중략 − 새는 봄을 울고, 천둥은 여름을 울며, 벌레는 가을을, 바람은 겨울을 운다. − 중략 − 사람도 역시 그러하다. 사람의 소리 중에 정교한 것이 말이며, 말 중에서도 문장은 더더욱 정교한 것이다. 때문에 가장 잘 우는 것을 골라 그것을 빌려 운다."
>
> [한유 『자를 테면 자르시오』, 「내가 우는 이유送孟東野序」, 태학사, 150−151쪽]

중국 산문의 대가인 한유(韓愈, 768~824년)의 문장이다. '초목은 바람이 흔들고 물은 바람이 쳐서' 운단다. 또한, 계절의 변화를 '새는 봄을 울고, 천둥은 여름을 울며, 벌레는 가을을, 바람은 겨울을 운다.'고 적고 있다.

필자의 마음을 사로잡는 아름다운 시詩적 표현이다. 「내가 우는 이유送孟東野序」의 주인공인 맹교孟郊는 자子가 동야東野로 한유와 절친한 친구이다. 한유가 가난한 살림에 어렵게 지방 말단관리로 임명되어 떠나는 맹교를 환송하며 쓴 글이다. 그는 한유보다 나이가 무려 열일곱 살이 많단다. 한유는 그의 문학적 능력에 '하늘이 잘 우는 맹교를 골라 시詩로써 울게 했다'고 칭찬한다. 문장가에게 이보다 훌륭한 위로와 극찬이 또 있으랴.

'운다'로 엮은 한유의 문장은 탁월하다. '한유는 천명을 거론하며 자신도 위안하고 남도 격려한 것이다.' 그를 본 적도 만난 적도 없다. 그러나 행간의 몇 문장에 감동하며 사로잡힌다. 시공간을 초월하여 내면의 신들을 사정없이 뒤흔들어 놓는다. 문장에서 눈을 뗄 수가 없을 정도이다.

코로나19로 직장과 집을 오가며 사색이 너무 깊어졌던가. 아니면, 방황하는 나의 영혼이 그의 문장 속으로 깊이 파고들었는지도 모른다. 그의 말대로 봄날의 숲은 새들의 짝짓기 소리로 드높다. 울창한 숲은 새들로 가득 차고 소리로 환하다.

이은희 불경스러운 언어

새소리가 유난히 큰 봄날 정오에 필자가 적어 놓은 토막글이
다.

> 새들이 짝짓기로 지절대는데 그야말로 악다구니 수준이다.
> 가만히 듣고 있는 인간의 고막이 따갑다. '찌익~~~~' 마치 세
> 상이 찢어지는 듯 구애하는 새의 소리다. 이 소리를 들은 새들
> 은 더욱 분주해지리라. 그리고 쥐새끼 소리처럼 가늘고 간헐적
> 으로 우는 새도 있다. 소리가 강한 놈은 둘째 치고 목소리가 약
> 한 녀석은 어쩌란 말인가. 역시 약한 녀석에게 마음이 기운다.
> 상대를 이길 힘이 없거나 평생 짝도 없이 살아갈 새를 위하여
> 구원한다. '새야, 소리가 작은 새야, 부디 힘을 길러라. 차라리
> 그믐밤 그녀를 보쌈해오던가.'
>
> [이은희 「직장 정원에서」]

정녕 사유할 줄 아는 관찰은 인간을 위대하게 만든다. 새는
정녕코 봄을 울고 있다. 울어야만 하는 이유가 분명하다. 지
금이 아니면 짝을 구하지 못한다는 절체절명絕體絕命의 사명을
안고 지절대기 때문이다. 한유는 물상을 섬세한 관찰과 상상
력으로 자연의 진리를 꿰뚫는다. 어디 그뿐이랴. 인간이 만든
악기도 그 재료가 무엇이냐에 따라 울림도 다르다. 인간의 마
음을 대변할 '쇠, 돌, 실, 대나무, 박, 흙, 가죽' 중 가장 잘

우는 것을 골라 울게 한다. 만물은 지금 누군가를 위하여 애달프게 울고 있는지도 모른다. 언제 어디서나 귀를 기울여 볼 일이다.

온 집안사람들이 비난해도 자신의 일을 묵묵히 행하며 흔들리지 않는 사람은 많지 않다. 한 고을 한 나라 사람들이 비난해도 이에 현혹되지 않는 사람은 천하에 한 사람 정도 있을 것이다. 심지어 온 세상이 비난해도 미혹되지 않는 사람은 백 년이나 천 년에 한 사람 정도 나올 뿐이다.

[한유 『자를 테면 자르시오』 「흔들리지 않기伯夷頌」, 태학사, 59쪽]

이은희 불경스러운 언어

『사기』의 열전에 나오는 백이伯夷는 군주에게 충성을 지킨 의인이다. '백이는 모든 사람들이 비난해도 흔들리지 않을 사람이다.' 그 앞에선 '찬란한 일월日月도 밝다고 할 수 없고, 우뚝 솟은 태산泰山도 높은 것이 아니며, 광대한 천지天地도 그를 포용할 수 없다.'라고 칭송한다. 백이를 칭송하는 한유 또한, '백 년이나 천 년에 한 사람 정도 나올' 명문장가이다. '한유는 우매할 만큼 자신의 몸을 사리지 않는다. 고통당할 것을 뻔히 알면서도 그것을 피하지 않고 직면한다.'

한유가 남긴 문장의 행간에서 울림을 새김질한다. '운다'는 표현은 어떤 물상의 대변이자 황폐한 삶에 공명을 일으키는 기운이다. 상사의 눈치를 보지 않고 자기 생각을 거침없이 말하는 한유, 한 시대를 통렬하게 울렸던 문장가이다. 현실의 문제를 꿰뚫어 보고 핵심을 끝까지 파헤치는 강한 성품이 문장에서도 드러난다.

지금 이 세상은 코로나19로 모든 맥이 끊겨 경제는 바닥으로 치닫고 실업자는 늘어난다. 서민들은 속으로 울며 우왕좌왕하는 실정이다. '난세에 영웅이 난다.'고 들었는데, 과연 이 세상에 영웅이 오기나 하려는가.

지금이 바로 한유 같은 사람이 필요한 시기다. 남의 눈치를 보지 않고 자신의 할 일을 하는 주도적인 그 사람. 코로나19로 가정이 흔들리는 서민과 경제가 추락하는 국가를 위하여 꼭 필요하다.

인간을 울도록 만든 이유가 분명히 있으리라. 누군가는 말한다. '황폐해진 지구는 끝까지 살아남을 것이고, 인간만이 소멸할지도 모른다.'라는 두렵고 무서운 직언이다. 아마도 자연의 생태계를 뒤흔들고 파괴하여 벌을 주는지도 모른다. 그 대가로 인간은 바이러스 전선에서 처절하게 비명을 지르고 있다. 어쩌면, 신은 인간에게 잃어버린 것을 알리고자 처절한 고통을 주고 있는지도 모른다.

창밖에 비가 주룩주룩 내린다. 나를 대신하여 우는가 보다.

4부 몸과 마음이 따로 가는 영혼

이렇게 흠씬 울고 나면, 가슴은 좀 후련해지려는가. 천지인天
地人이 함께 울고 있으니 바이러스도 어쩌지 못 하리라. 보통
의 나날이 어서 오길 염원한다.

이은희 불경스러운 언어

몸과 마음이 따로 가는 영혼
- 허균 산문선 『누추한 내 방』

예전이나 지금이나 다를 것이 없다. 잘난 인물은 오래 두고 보지 못하는가 보다. 격동의 시대에 세상의 눈치도 보지 않는 당신은 어떤 사람인가. 무장된 몸속 세포가 궁금하다. 불구덩이로 들어가는 줄 알면서도 마음속 말을 거침없이 표현하여 세상을 놀라게 한다. 또한, 당신은 '세상의 불우한 사람은 모두 우리들의 책임'이라고 울부짖으며, 세상에 버림받은 사람을 책임지려고 한다. 참으로 오지랖이 넓은 조선의 문장가, 허균許筠(1569~1618)이다.

정녕 '몸과 마음이 따로 가는 영혼'이다. 자연 속에 은둔하길 원했지만, 마음과는 다르게 혁명가 기질로 불운한 생으로 치닫는다. 허균은 틈틈이 자신의 취향에 맞는 한적한 삶의 이야기를 손수 가려 한정록閑情錄을 엮었다. 산촌에 은거하다 입적하신 법정 스님이 사랑한 책이고, 한유한 삶을 그리는 필자를 비롯한 독자를 헤아릴 수없이 많다. 허균의 외면은 세상의 이단아처럼 머물다 제명을 단축한 사람이다. 하지만, 그의 내면은 한정록이 대변한다. 책 속의 문장처럼 유유자적 살고자 애를 쓴 인물이 아닌가 싶다. 어쩌면, 그의 집안 환경이 죽음의 그림자를 껴안고 짧은 생을 재촉하였는지도 모른다.

그가 만약 몸과 영혼이 하나인 문인이었다면 인생은 달라졌으리라. 차라리 속세와 인연을 끊고 은둔의 삶으로 '앉아서 유목遊牧'하였다면 얼마나 좋았으랴. 아마도 무수한 명문장을 남겨 세상을 더욱 이롭게 하였으리라. '불우한 사람은 우리의 책임'이라고 당당히 적었듯, 끊임없이 자신의 사재를 털어 재주 많은 예인을 지극정성으로 보살폈으리라. 지금쯤 대한민국은 교산 덕분에 문화강국이 되었을지도 모른다.

이은희 불경스러운 언어

나는 큰 고을의 수령이 되었는데, 마침 자네가 사는 곳과 가까우니 어머니를 모시고 이곳으로 오시게. 내가 의당 절반의 봉급으로 대접하리니 결코 양식이 떨어지는 지경에는 이르지 않을 것이네. 자네와 나는 처지야 비록 다르지만 취향은 같네. 자네의 재주는 진실로 나보다 열 배나 뛰어나지만 세상에서 버림받기는 나보다도 심하니, 이 점이 내가 언젠 기가 막혀 하는 일일세. - 중략 -

세상의 불우한 사람은 모두 우리들의 책임이네. 밥상을 대할 때마다 부끄러워 문득 땀이 나며, 음식을 먹어도 목에 넘어가지 않으니 빨리빨리 오시게. 비록 이 일로 비방을 받는다 해도 나는 전혀 개의치 않겠네.

[허균 『누추한 내 방』「불우한 사람은 우리의 책임」, 태학사, 57-58쪽]

교산 허균은 새로운 글쓰기의 선구자다. 일정한 형식이 없이, 일상생활에서 보고 느낀 것을 간단히 쓴 짤막한 글, '소품문小品文'이나, '서로 떨어져 있는 상대에게 자기의 안부나 소식, 하고 싶은 말을 전하기 위해 써서 보내는 글, 척독尺牘'을 즐겨 쓴다. '척독의 매력은 역시 생활을 예술의 영역으로 전화轉化시킨다는 점'에 있다. 그러나 보수파의 시선은 고문의 전형에서 벗어난 불온한 글이라고 질시하였다. 고문을 중시한 사대부들이 문체반정을 일으켜 문풍을 바로잡고자 했다. 정조 시대에는 불경스러운 문장이라고 병역을 두 번 간 이옥, 감옥과 유배를 떠난 문인도 여럿이다. 현세에도 다를 것이 없다. 시류와 다른 글을 쓰거나 낯선 형식을 그리면 칭찬은 고사하고 시선이 냉담하다. 짧은 글과 영상이 대세인 요즘 수필집에 사진을 넣었다고 글이 안 된다고 목소리를 높이는 사람도 있다. 이 또한, 고문을 중시하는 부류와 무엇이 다르랴.

고시는 비록 예스러우나 이건 그래도 베껴서 진짜에 가까울 뿐입니다. 이는 집 아래 집을 또 짓는 격이니 어찌 귀하다 하겠습니까.

근체시는 비록 핍진하지는 않더라도 나름대로 저의 솜씨가 있습니다. 저는 저의 시가 당시나 송시宋詩와 비슷해질까 두렵습니다. 남들이 '허균의 시'라고 말하는 것을 듣고 싶으니, 너무 무람한 생각이 아닐는지요.

[허균 『누추한 내 방』「저만의 시를 쓰고 싶습니다」, 태학사, 54쪽]

그는 '허균의 시', 자기만의 글을 짓고 싶다고 적는다. '집 아래 집을 짓느니' 자기만의 집을 짓고 싶다고 당당히 말하는 교산이다. 예나 지금이나 문인의 절실한 바람이리라. 일상을 적나라하게 드러나는 '척독' '소품문'을 즐겨 쓰는 정녕코 남다른 문장가이다. 지금이야 자기 생각을 말로 표현해도 무리가 없다. 척독은 그 시절 무람없다고 손가락질하는 사람들의 눈총을 감수한 발자취이다. 여하튼 '자신의 스승인 이달에게 당당한 목소리를 내는 허균이 부럽다.' 무엇보다 스승과 제자의 허물없는 대화가 보기 좋다.

21세기는 '수필隨筆'의 시대이다. 필자도 문인의 삶을 이어 가지만, 그처럼 글을 진정성 있게 뼛속까지 내려가 쓰지 못한다. 현 세상을 통렬하게 비판하고 싶은 마음에 글을 쓰다가 결국은 지워버리고 만다. 나도 모르는 사이에 타인의 시선을

이은희 불경스러운 언어

생각하고 마음을 접는 것이다. 어디 그뿐이랴. 생업이 목에 걸려 차일피일 미뤄둔 책이 책장에서 기다리고, 노트에는 탄생을 꿈꾸는 글감도 여럿이다. 이렇듯 나만을 위한 한적한 시간도 없이 깊은 명상에 들지 못하는데 어떻게 타인의 마음을 움직일 글을 불러오겠는가.

교산의 척독은 지금 읽어도 같은 시대에 머문 듯 울림이 크다. 삶의 진정성이 묻어나기 때문이다. '자신의 경험이나 느낌 따위를 일정한 형식에 얽매이지 않고 자유롭게 기술한 산문 형식의 글'이 수필隨筆이다. 글을 쓰되 가볍거나 무겁지 않도록, 일상의 이야기를 쓰되 신변잡기가 되면 아니 된다. 단어와 문장이 작품의 품격을 떨어트릴 수 있으니 한 행 한 행 톺아보기를 잊지 않는다. 문인이 같은 소재로 글을 써도 성향이 다른 글이 탄생한다. 각자의 삶이 다르고 대상을 바라보는 사유의 깊이가 다르기 때문이다. 필자의 제자가 수필집 『생각이 돌다』를 필사하다 마음에 드는 문장이라고 혜안글방에 올린 글이다. 새로운 글을 쓰고 싶어 애면글면하던 시절, 지면에 발표한 문장 일부이다.

눈에 보이지 않는 세계를 찾아 드러내는 일, 그리고 대상을 바라보고 시각 차이를 줄이는 일. 아마도 그건 글쓰기를 하는 한 내가 죽도록 해야 할 작업이다. 정녕 그 일을 사명으로 여긴다면, 앞으로 내가 할 일은 엄청나다. 우선 겉으로 드러난 부분보다 내면의 도를 닦아 심안과 혜안을 넓혀야 하리라.

[이은희 『생각이 돋다』, 「드러누운 나무」, 수필과비평사, 34쪽]

허균은 죽음의 목전까지 붓을 놓지 않았다. 남다른 감각과 예리한 사유로 새로운 글쓰기에 거침이 없었던 문장가이다. 자신의 미래를 예감하였던가. 가장 불우했던 시기에 귀양지 부안에서 스스로 엮은 문집 『성소부부고惺所覆瓿藁』를 사형당하기 전에 자신의 사위에게 미리 보내 놓는다. 그러나 이 문집은 "다른 역적과는 달리 조선이 망할 때까지 '해금'되지 못하는 바람에" 세상에 나오지를 못했다고 적는다. 생명을 어렵게 유지한 교산의 글이라 생각하니 더욱더 새롭게 다가온다.

방의 넓이는 10홀, 남으로 외짝문 두 개 열렸다. 한낮의 해 쬐어, 밝고도 따사로워라. 집은 겨우 벽만 세웠지만, 온갖 책 갖추었다. 쇠코잠방이로 넉넉하니, 탁문군卓文君의 짝일세. 차 반 사발 따르고, 향 한 대 피운다. 한가롭게 숨어 살며, 천지와 고금을 살핀다. 사람들은 누추한 방이라 말하면서, 누추하여 거처할 수 없다 하네.

[허균 『누추한 내 방』, 「누추한 내 방」, 태학사, 77쪽]

이은희 불경스러운 언어

허균의 말처럼 '누추한 방'이란 말을 함부로 쓸 일이 아니다. 신선처럼 머물며 '누추한 방'이라고 말하면 자기모순이다. 도연명 시인과 다산의 제자 황상의 좁쌀 같은 방을 떠올리면 정녕코 누추한 게 무슨 대수랴. 허균이 한정록에 소개한 손백예孫伯翳처럼 살고 싶다. 그는 '정열을 세속 밖에 쏟고, 뜻을 산골짝에 둔' 사람이다. 그런 그에게 벼슬을 내리려 하자, '인생 백 년이란 마치 바람 앞의 등불과 같은' 것인데 어찌 '고된 세속사에 끌려다니겠는가.'라고 거절한다. 정녕코 몸과 마음이 겉돌지 않도록 단속이 필요하다. 허균이 간추린 문장은 참으로 옛것이 아니다. '일상의 시시콜콜한 것들을 다루며 문장의 멋을 잃지 않는' 고전 산문의 정수이다. 구구절절 마음에 닿아 되새김질하는 초하의 밤이다.

권태 아닌 권태를 즐기는

- 이상 「산촌여정山村餘情」

햇살이 가득한 주말 오후이다. 소나무 탁자에 놓인 콩나물 화분의 갓 오른 새순과 떡갈고무나무 그리고 자작나무 숲길(2층 오르는 층계)에 빛살이 자글거린다. 제집에 오래 살았어도 모르는 구석이 많다. 무량한 햇살이 거실 분위기를 새뜻하고 찬란하게 바꿔 놓는 걸 이제야 느낀다. 나는 새벽 동트기 전 출근하여 어둑해져야 귀가하는 처지이다. 주말에도 바쁘다는 핑계로 낮의 풍경을 제대로 보지 못한 탓이다. 햇살은 나에게 무언의 말을 던지는가. 조금은 나태하게 살아도 된다고 수런 거리는 듯하다.

눈을 감고 투명한 햇살을 만끽하는 중이다. 무색무취無色無臭, 무형無形의 눈부신 빛살이다. 손에 잡히지 않는 광선은 나의 피부를 따스하게 어루만진다. 특히 햇볕이 그리운 겨울날엔 더욱 감질나게 그리운 기운이다. 여하튼 눈을 감으니 방금

이은희 불경스러운 언어

본 거실 곳곳에 자리한 물상의 윤곽이 확연하게 그려진다. 햇살이 나의 온몸을 감싸는 듯 충만감에 전율이 인다.

이 순간, 뇌리에 스치는 인물이 있다. '네가 이런 상태로 계속 놀아봐라, 좋은 것도 잠시 나처럼 닷새 만에 지루한 권태에 빠지리라.'라고 입말 센소리를 할 것 같은 이상李箱(1910~1937)이다.

> 지구 표면적의 백분의 구십구가 이 공포의 초록색이리라. 그렇다면 지구야말로 너무나 단조 무미한 채색이다. 도회에는 초록이 드물다. 나는 처음 여기 표착漂着하였을 때 이 신선한 초록빛에 놀랐고 사랑하였다. 그러나 닷새가 못 되어서 이 일망무제一望無際의 초록색은 조물주의 몰취미沒趣味와 신경의 조잡성粗雜性으로 말미암은 무미건조한 지구의 여백인 것을 발견하고 다시금 놀라지 않을 수 없었다.
>
> [이상『산촌여정山村旅情』「권태倦怠」, 태학사, 50-51쪽]

이상의 「권태倦怠」의 연작을 음미하며 그는 내성적 성격의 소유자이고, 권태를 철두철미하게 받아들이질 않는다는 걸 발견한다. 어찌 보면, 권태 아닌 권태를 즐기는 모습이다. '산골에 들어 닷새도 못 되어 초록이 싫어졌다.'며, 끝없이 반복하는 농부의 노역을 '흉악한 권태'라고 적는다. 또한, 동네를 돌아다니며 최 서방의 조카와 벙어리 개, 암소와 동네 아이들의 행태를 샅샅이 그려놓는다.

그의 행적을 좇으며 그는 무언가 꿈꾸지 않으면 세상을 등질 문인이라는 생각에 다다른다. 살아 있는 동안 그의 뇌세포는 권태를 자각하느라 쉴 새가 없을 성싶다. 머릿속을 비울 마음이 없는 듯 매번 글감이 될 대상을 새로이 창작 중인 게 분명하다. 『산촌여정山村旅情』에 실린 광범위하고 다양한 소재를 보면 알 수 있다.

문인은 박학다식博學多識한 사람보단 잡학다식雜學多識한 사람이라야 한다는 사견이다. 어떤 대상을 글감의 소재로 삼고 싶으면, 대상의 집중 분석 및 보이지 않는 이면까지 상상력을 발휘해야만 하리라. 또한, 글감의 바탕이 될 전설이나 신화 및 자료, 정보를 찾아 갈무리해야만 한다. 그렇다고 기록물을 그대로 옮겨 적는다는 건 아니다. 내 안에서 갈무리한 자료를 녹잦혀 자신의 철학과 버무려 나만의 글감으로 형상화해야 한다. 이런 쉼 없는 노고와 창작의 수필을 신변잡기라고 감히 말할 수 있으랴. 수필이 자기중심적, 개인적인 글이라고 비판할 일도 아니다. 마틴 스코세이지 감독의 '가장 개인적인 것이 가장 창의적인 것'이라는 말에 공감한다. 이상李箱도 초록을 말할 때 상투적인 글을 내놓지 않는다. 육안의 초록만이 아닌 '초록이 실색하여 추악한 색채로 변하는' 삶의 밑바닥을 들여다본 사유의 결과물이기 때문이다. 생활 속 심장을 건드린 「보험保險 없는 화재火災」란 작품에선 남다른 반전을 꾀한다.

어머니는 어찌 되든지 간에 그 때 마음 같아서는 '빌어먹을! 몽땅 다 타나버리지' 하고 실없이 심술이 났다. 재산도 그 대신 걸레 조각도 없는 알몸뚱이가 한 번 되어보고 싶었던 게다. 물로 화재보험 하느님이 내게 아무런 보상도 끼칠 바는 아니련만….

[이상 『산촌여정山村旅情』 「보험保險 없는 화재火災」, 태학사, 74쪽]

작가는 이웃집 불구경에 나선다. 불의 사태가 심상치 않아 집 안으로 들어가니 '어머니가 덜덜 떨며 때 묻은 이불 보퉁이를 뭉쳤다 끌렀다 하며 갈팡질팡하는' 모습이다. 작가는 어머니의 모습에 터져 나오는 웃음을 참는다. 남의 집 셋방 신세라 불이 난다고 해도 무슨 소용이 있겠느냐는 생각에서다. 그런데 큰불이 난 이웃집의 소식은 화재보험을 들어 손해 본 상황이 아니다. '보험'이라는 말속에서 작가는 새로 지은 이웃집이 머릿속에 그려졌으리라. 역시 보험은 '어떤 종류의 고마운 하느님보다 훨씬 더 고마운 하느님이 틀림없다.' 무엇보다 작가의 기발한 언어와 차라리 셋방이 몽땅 타버려 알몸뚱이가 되어 보고 싶은 어머니의 심술 작용이 반전이다. 글의 소재는

4부 몸과 마음이 따로 가는 영혼

흔하지 않은 불구경이나 일상생활 속 이야기이다. 누구나 먹음직한 감정의 소용돌이를 잘 표현하고 있다.

끝엣누이 동무되는 새악씨가 그 어머니 임종臨終에 왼손 무명지無名指를 끊었다. 과연 동양 도덕이 최고 수준을 건드렸대서 무슨 상상인지 돈 삼 원三圓을 탔단다.

[이상 『산촌여정山村旅情』 「단지斷指한 처녀處女」, 태학사, 75쪽]

이 글을 읽으며 내 안의 끓어오르는 물질은 이상의 거친 그것과 같으리라. 손가락을 단지한 대상이 여성이 아닌 남성이라면 상황은 바뀌었을까. 지체 높은 양반네 자식이었다면, 효자비나 각을 세워줬으리라.

이상李箱은 하늘이 감동할 효성 이전에 '신체발부身體髮膚에 창이瘡痍를 내는 것을 엄중한 취체取締한다고 과문寡聞'이라고 들어왔다. 그런데 '끔찍한 잔인성과 효도의 극치로 대접하는 역설적 이론을 일종의 무지한 야만적 사실'을 저지른 그녀에게 어찌 돈 삼 원이 가당한가. 단지斷指한 여성의 행위는 감히 효도라고 말하기 어려운 관습과 무지, 시대적 여성 비하의 결과물이 아닐까 싶다.

사회 관습은 이상李箱이 살던 시대나 내가 머무는 시대나 크게 변하지 않은 듯싶다. 지인들은 21세기 나를 두고 직장의 신화라고 말한다. 유리천장을 뚫고 여성 임원에 오른 것도, 결혼과 출산하고 다닌 것도 처음이라 그런가. 1980년대 여성이 결혼하면 직장을 그만두기 다반사였다. 내로라하는 그룹사에 다니는 선배도 결혼한 사실을 숨기고 다녔으니 말을 하여 무엇하랴. 더욱 아이러니한 건 만삭인 나를 두고 조롱한 선배가 바로 여성이다. '남편이 돈을 얼마나 못 벌어오면 배불뚝이를 직장에 내보내느냐.'라는 기막힌 말씀이다. 보이지 않는 성차별과 '여성의 적은 여성'임을 실감하며 그럴수록 오기와 불굴의 열정은 불타올랐다. 말 못 할 사회의 불편한 진실은 가슴에 화인으로 남았지만, 그렇다고 진보적 삶의 후회는 없다. 누군가 시킨 것이 아니라 나의 의지와 욕망의 결과이기 때문이다.

자기 손가락을 자를 만큼 극단의 순박한 마음은 어디에서 오는 것인가. 남존여비 시대에 머문 이상李箱도 오죽하였으면, 단지한 여성을 꽃에 비유하여 잔인하다고 비판했으랴. 아마도 새색시는 살면서 '동양 도덕의 최고 수준을 건드린' 기상으로 세상 그 무엇도 무서운 것이 없었으리라. 단지한 여성의 삶과 비유할 바는 아니다. 하지만, 스스로 직장에서 고질적 관습의 산을 넘어 남녀가 동등한 인간으로 대우받았다. 시공간을 초월하여 단지한 여성의 아픔을 조금은 알 듯도 싶다. 이렇듯 『산촌여정山村旅情』에 실린 다양한 작품들은 시대를 초월하여 필사의 해묵은 기억을 지면 위에 부려놓게 한다. 하늘을 향하여 고개를 든 순간, 이마에는 그날의 햇살이 쟁글거린다.

이은희 불경스러운 언어

한국미의 상징, 달항아리

- 김환기 「항아리」

드디어 달과 태양이 하나가 되는 순간이다. 머나먼 길을 돌고 돌아 99년 만의 해후인가. 세계는 둘의 합일을 기린 목이 되도록 고대한 것이다. 미국에서 개기일식이 진행되는 동안 일상이 중단된 듯한 모습이었단다. 신비스러운 광경을 바라보는 사람들도 전율하는데, 서로를 갈구하는 달과 태양의 심경은 어떠했으랴.

하늘엔 검은 달이 뜬 듯 강렬하다. 원형 둘레에 빛의 아우라가 펼쳐지는 황홀한 순간을 맛본 사람들의 탄성이 들리는 듯하다. 마치 현장에 있는 듯 실시간으로 오르는 인터넷 영상을 보고 감탄해 마지않는다. 달의 모습을 보는 내내 눈앞에는 다른 사물이 가물거린다. 세계는 합일한 검은 원형에 들썩이는데, 왜 나는 보름달 닮은 달항아리가 그리운가.

나는 운 좋게도 집안에 하늘을 들여놓고 살고 있다. 24층 아파트 꼭대기 복층으로 옮긴 후 하늘과 더욱 친숙해진 느낌이다. 평소 하늘을 자주 바라보며, 유리창으로 하늘이 들어오도록 커튼을 치지 않는다. 안방 정면과 베란다 오른쪽 전면이 훤히 보이는 유리창이다. 날씨가 좋은 날은 달빛이 스미고, 자정으로 갈수록 별들이 쏟아질 듯하다. 테라스에 둥근 돌확을 둬 소나기가 내리면 빗소리의 울림을 즐긴다. '바람골'로 이름난 동네라 바람도 벗 삼은 지 오래다. 함박눈이 펑펑 내리는 날은 정녕코 선물 받은 듯 황홀한 풍경을 즐긴다.

오늘같이 보름달이 떠오르면 전등을 일부러 켜지 않는다. 내 방에 찾아올 손님인 달빛을 고요히 맞고 싶어서다. 초승달에서 보름달로 가는 동안 방안에 들어온 달빛의 양은 다르다. 만삭이 된 보름달은 전등을 켠 듯 방안이 환하여 절로 달빛 소요에 젖는다. 달빛의 농도는 차분한 정취이다. 김환기의 고백처럼 '불가사의한 미학'이다. 시공간을 초월한 장소에 머문 듯 호젓한 내 마음을 고스란히 형용한 화가이다. 일찍이 수화 김환기만큼 달항아리를 좋아하고 예찬한 사람이 있으랴.

"단순한 원형이, 단순한 순백이, 그렇게 복잡하고, 그렇게 미묘하고, 그렇게 불가사의한 미를 발산할 수가 없다. 고요하기만 한 우리 항아리엔 움직임이 있고 속력이 있다. 싸늘한 사기지만

그 살결에는 다사로운 온도가 있다. 실로 조형미의 극치가 아닐

수 없다."

[김환기 에세이 『어디서 무엇이 되어 다시 만나랴』 「항아리」, 환기미술관, 228쪽]

수화는 백자 달항아리를 다방면으로 톺아보고 한국미와 조

형미를 높인 화가이다. 그의 달항아리 작품은 많지만, 그중에

1958년 「매화와 달항아리」와 「항아리와 매화」가 마음에 든다.

둥근 백자 항아리 허리춤에 매화꽃이 한줄기 실선으로 늘어져

운치를 더한다. 푸른 하늘 배경에 항아리와 매화꽃 한 줄기

도드라지니, 은은한 매향이 감도는 듯하다. 또 하나의 작품은

홍매화 가지 뒤에 배치한 백자 달항아리는 마치 두둥실 떠오

른 보름달만 같다. 수화는 고미술에 대한 지식과 안목이 높았

다. 특히, 백자의 아름다움에 깊이 매료되어 많은 백자 항아

리를 수집하여 아틀리에를 장식하였단다. 그는 자신의 청춘

시절을 항아리에 바쳤다고 말한다.

다락, 광, 시렁 위까지 이 많은 항아리를 쌓아놓았으니, 이제

생각해도 내 청춘기는 항아리열熱에 바친 것만 같다.

[경향신문 1963년 4월 24일]

칠야漆夜 삼경三更에도 뜰에 항아리가 흡수하는 월광으로 인해

온통 달이 꽉 차 있는 것 같기도 하다."〔김환기 에세이 『이디서
무엇이 되어 다시 만나랴』「청백자항아리」, 환기미술관, 117쪽〕

도자기는 서양미술사 관점에선 아트(art)가 아니라 크래프
트(craft)란다. 즉, 예술이 아니라 공예란다. 항아리는 실생활
에 사용하는 공예품 수준이라는 것이다. 그러나 우리의 전통
도자기는 당당히 미술사의 한 장르로 자리 잡고 있다. 수공예
품인 달항아리를 예술작품으로 끌어올린 남다른 열정과 예술
혼을 불어넣은 도예가 덕분이다. 더불어 조선의 미학으로 끌
어올린 예술가들이 있어서다. 누구보다 전통 도자기인 달항
아리를 사랑하고, 자랑스러워한 미술사학자 최순우 선생이
다. 그는 달항아리를 모르고선 '한국미의 본바탕을 체득했다
고 말할 수 없다.'라고 말한다. 달항아리의 아름다움을 찬미
한 그의 속 깊은 문장이다.

한국의 폭넓은 흰빛의 세계와 형언하기 힘든 부정형의 원이 그
려 주는 무심한 아름다움을 모르고서 한국미의 본바탕을 체득했
다고 말할 수 없을 것이다 … 아주 일그러지지도 않았으며 더구나
둥그런 원을 그린 것도 아닌 이 어리숙하면서 순진한 아름다움에
정이 간다.
〔최순우 『나는 내 것이 아름답다』「낱낱으로 본 한국미」, 학고재, 157쪽〕

달항아리는 눈처럼 흰 바탕색과 둥근 형태가 보름달을 닮았다 하여 붙여진 이름이다. 국보와 보물로 지정된 달항아리가 여러 점이다. 보물 제1437호, 조선 후기 「백자 달항아리」는 '온화한 순백색과 부드러운 곡선, 넉넉하고 꾸밈없는 형태를 고루 갖춘' 백자 도자기다. 항아리 부피가 커 한 번에 물레로 만들기가 어렵다. 큰 대접 두 개를 따로 빚어 위와 아래로 붙이는 경우가 많다. 상하 비례가 꼭 맞을 수도 있지만, 도공이 빚는 숨결과 손결에 따라 둥근 형태가 다르다. 달항아리 특유의 풍만함과 둥그스름한 곡선이 자아내는 비정형의 미감이 사람들을 매혹한다.

도공이 정성스러운 손길로 예술혼을 담은 백자 달항아리. 그 자체로 많은 사람의 시선을 사로잡고 감탄사를 자아낸다. 박물관 은은한 조명 아래 자리한 무생물인 도자기가 인간에게 어떤 행위를 했겠는가. 불가마에서 나온 백자에 스민 물과 불, 도공의 숨결과 영혼을 알아본 감성의 표현이자 몸짓이다. 유홍준 교수의 말처럼 도자기는 우리에게 아무 말도 하지 않는다. 그저 느낀 대로 전할 뿐이다.

도자기는 우리에게 아무 말도 하지 않는다. 그러나 우리는 도자기를 보면서 잘 생겼다, 멋지다, 아름답다, 우아하다, 품위 있다, 귀엽다, 앙증맞다, 호방하다, 당당하다, 듬직하다, 수수하다,

소박하다 등등 어러 감정을 본 대로, 그리고 느낀 대로 말한다.

[유홍준 『안목眼目』, 눌와, 52쪽]

도자에 문외한인 나는 백자 달항아리를 무명한복에 비유한다. 고운 색과 무늬 한 점 없는 백자 도자. 서민의 애환이 서린 무명한복처럼 애잔한 정이 느껴진다. 한복처럼 항아리에 수를 놓지 않아도 단아하며 멋스럽다. 수수한 그리움이 깃든 '평범한 위대함'과 '조선의 아름다움'인 백자 달항아리. 지상에 뜬 백자 달항아리는 검이불루儉而不陋, 검소하지만 누추하지 않다. 그 달항아리가 매달 하늘을 배경으로 전시되니 무엇을 더 바라랴. 김용준의 「수화소노인가부좌상」 그림 속 수화처럼 가부좌를 틀고 앉아 마냥 달과 조우한다.

이은희 불경스러운 언어

한겨울 매화를 탐하다

- 구름같이 핀 김용준 「매화」

한겨울 늙은 등걸 나뭇가지에 벙근 꽃봉오리가 피어나길 고대한다. 가지마다 드문드문 매화꽃이 피어나 집안에 청아한 매향이 감도는 날 몇몇 지인을 초대한단다. 황혼이 지는 무렵 가야금 소리에 묵매도 치고 매화음도 즐기자는 스승의 달뜬 목소리가 가슴을 울린다.

"댁에 매화가 구름같이 피었더군요."

고전 수필 근원 김용준의 「매화」의 첫 문장이다. 이 구절은 하도 유명하여 누구나 입가에 절로 읊조려질 것 같다. 사람들은 수필 속 이야기가 어떻게 전개되었는지 기억을 못 하리라. 필자는 작가가 매화가 구름같이 피어난 벗의 초옥을 다녀갔는지 안 갔는지 궁금하지도 않다. 차디찬 겨울에 피어난 고고한 매화를 그리며 그림 속 「매화초옥도」 앞에 서 있는 자신을 상상하는 것만으로도 즐겁다.

화가이자 미술평론가인 근원은, 아마도 고람 전기의 수묵화 「매화초옥도」에 사로잡히지 않았나 싶다. 눈 덮인 겨울 산에 백매가 눈송이 날리듯 흐드러지던 날. 깊은 산 속 초옥 문을 열어놓고 피리를 불며 기다리는 역매 오경석과 거문고를 메고 벗을 찾아가는 붉은 옷차림의 고람 전기의 모습이 화려하다.

「매화초옥도」는 필자라도 당장 얼음 속을 뚫고 달려가 마중하고 싶은 꿈의 풍경이다. 고람이 초옥에 막 들어서자 역매는 머나먼 길을 찾아오느라 애썼다고 차가운 두 손을 꼭 감싸며, '어서 들어오라.'고 재촉하는 소리가 들리는 듯하다. 매향과 벗의 체온이 온몸에 전해지는 듯한 느낌이다. 그윽한 분위기에 세상 번뇌와 상념이 저절로 사라지며, 온기가 혈관을 타고 흘러 절로 취하리라.

　　매화는 늙어야 한다 합니다. 그 늙은 등걸이 용의 몸뚱어리처럼 뒤틀려 올라간 곳에 성긴 가지가 군데군데 뻗고 그 위에 띄엄 띄엄 몇 개씩 꽃이 피는데 품위가 있다 합니다.

　　매화는 어느 꽃보다 유덕한 그 암향이 좋다 합니다.

　　백화가 없는 빙설리에서 홀로 소리쳐 피는 꽃이 매화 밖에 어디 있느냐 합니다.

[김용준『근원수필』「매화」, 범우사, 11쪽]

매화의 은은한 향기가 성벽을 훌쩍 넘은 것이다. 아니 매화가 큰 목소리로 얼마나 소리를 높였으면 각지에서 사람들이 모여들랴. 요즘은 정보의 바다인 세상이라 애써 가르쳐주지 않아도 매화 서식지로 잘도 찾아든다. 그러나 생계에 목메던 시절 매화를 구경하러 집을 나서기란 서민층에겐 상상도 할 수 없는 일. 주로 양반가의 선비들이나 시인 묵객이 즐기는 고급 취미며 행사였다. 조선시대 선비들은 눈이 채 녹기도 전 간편한 차림에 괴나리봇짐을 짊어지고 나귀를 타고 매화를 찾아 나선 것이다. 무언가를 찾는 동안, 인간은 방황하게 마련이다. 눈과 얼음 속을 뚫고 찾아가는 길을 '탐매'라고 이름을 붙였지만 결국, 나의 본성을 찾아 떠나는 원시적 여행이 아닐까 싶다.

가난하여 끼니를 거르는 한이 있어도 매화 화분을 품에 안았던 화가가 있다. 단원 김홍도는 탐나는 매화 한 그루를 보고 가슴앓이에 들었던가 보다. 때마침 그림값으로 3천 전을 보내오자 매화를 2천 전에 사고 8백 전으로 동인을 불러 모아 매화음을 마련했단다. 나머지 2백 전으로 쌀과 땔나무를 샀다고 전해진다. 입에 겨우 풀칠할 정도의 살림에 비싼 값의 분매를 사들인 단원은 누가 봐도 미친 짓이다.

매화에 미친 화가가 또 있다. 추사 김정희에 가려 알려지지 않은 인물, 호산 조희룡이다. '묵장의 영수'라 불리었던 그의 매화 사랑은 끝이 없다. "나는 매화에 벽癖이 있다. 스스로 매화를 그린 큰 병풍을 눕는 곳에다 둘렀다. 벼루는 '매화시경연'을 사용하고, 먹은 '매화서옥장연'을 쓴다."라고 스스로 밝힌다. 더불어 매화를 주제로 한 시詩를 읊고, 목이 마르면 '매화편다'를 마신다. 그의 주변엔 오로지 한 가지의 빛깔 매화뿐이니 정녕 매화를 잘 그릴 수밖에 없는 사람이다.

그는 어릴 적 스러진 '매화꽃을 보고 땅에 꽃이 피었다.'고 표현한다. 아이는 "입과 손으로 송사리 떼처럼 은빛 번득이며 날아오르는 꽃잎을 받으려고 이리저리 뛰어다녔다."라고 전한다. 이날이 바로 그가 매화를 그리게 된 시작이 아닐까 싶다.

호산은 몸이 허약하여 혼인을 약속한 집안으로부터 파혼을 당한다. 그런 자신이 칠십이 넘도록 장수한 것은 매화 덕분이란다. 매화를 그리는데 골몰하여 곧 죽을 것이라는, 자신의 운명을 훌쩍 넘긴 것이다. 그리하여 호산은 매화에 '수壽'라는 글자를 바친다.

자신의 신체적 결함을 뛰어넘고자 했던가. 그의 매화 그림은 거칠고 역동적이다. 마른 나무의 껍질은 비늘처럼 보이고 거칠게 휘며 뻗어나간 매화 둥치는 꿈틀거리는 용과 비슷하다. 펄펄 날리는 하얀 매화 꽃잎은 구름인 듯 피어오르고, 어떤 때는 하얀 눈송이로 착시를 일으킨다. 「홍매대련」과 「매화

이은희 불경스러운 언어

서옥도」가 그의 대표작이다.

매화에 미친 사람이 어디 한둘이랴. 퇴계 이황도 매화를 끔찍이 아낀 사람 중 하나다. 오죽하면, 그의 마지막 유언이 기르던 매화 화분에 "물을 주라."고 하였겠는가. 선생은 매화를 하나의 인격체로 대우하며 때론 의인화시켜 시詩를 주고받았다. 생전에 매화를 제재로 한 시만을 모아『매화시첩梅花詩帖』을 묶었을 정도이다.

수필 속 근원처럼 탐매探梅가 상상과 환상으로 그치는 걸 원하지 않는다. 나는 무시로 기다린다. 백매와 홍매가 흐드러지면, 스승님의 초대와 탐매를 고대한다. 밝은 달빛 아래 빛나는 매화꽃의 정기를 얻고 싶다. 암향에 가슴에 쌓인 온갖 시름 내려놓고 꽃과 하나가 되길 원한다. 내 마음은 벌써 늙은 등걸에 핀 매화꽃 앞에 서 있다. 아니 반가운 지인과 마주 앉아 매화꽃 한 송이 띄운 차향과 어우러진 매향을 음미하며 정담을 나눈다. 정녕 신선이 따로 없으리라.

겨울의 서정시, 눈雪

- 양주동 『인생잡기』

겨울의 진객은 눈이다. 짧은 시로 읊으면, '겨울의 서정시, 눈'이라고 말할까. 눈은 인간의 가슴속에 있는 그리움을 불러 일으킨다. 또한, 마음에 담아둔 채 차마 행동으로 옮기지 못한 걸 이루게 하는 사랑의 묘약이다. 성질이 고약한 사람도 첫눈에 잠시 심적 여유로 온유해지리라. 신은 인간이 어질러 놓은 오염된 세상을 눈으로 뒤덮어, 인간의 새로운 모습을 보고 싶어 마법의 봉을 휘두른 것은 아닐까 싶다.

그 마법의 봉은 '인간 국보'로 알려진 양주동 선생(1903 ~1977)에게도 뻗쳤던가 보다. 수필을 무척 좋아하고 수필가라는 직함을 자랑스럽게 애용한 선생이다. 눈이 내리는 겨울을 좋아한 선생은, 오죽하면 글 서두에 "사랑은 겨울에 할 것이다. 그것도 눈 오는 밤에"라고 단언했겠는가. 수필집 『인생잡기』에 실린 '사랑은 눈 오는 밤에'라는 글이다. 그는 눈이

이은희 불경스러운 언어

내리는 밤, 화롯가에 앉아 이야기를 나누는 연인의 모습을 그린다.

선생은 겨울밤은 길고 조용하고 특히, 설야에는 다른 손님이 없어 사랑을 속삭이기에 더없이 좋다고 말한다. '나의 첫사랑은 나의 주장대로 설야 노변에서 고요히 말없이 행하여졌다.'라고 당신의 첫사랑을 스스럼없이 밝힌다. 이 글은 그의 나이 스물두 살 '소설가 강경애와 연애담'이라는 설이 있다.

그의 글을 읽노라면, 애틋한 마음이 절로 일어나는 듯하다. 봄날의 꽃동산으로 거닐며, 어깨 나란히 가을날의 단풍잎을 밟는 것도 좋지만, 무엇보다 눈 오는 날 화롯가에서 도란도란 이야기꽃을 피우는 연인의 이미지를 원한다. 그저 이미지를 따라가노라면 절로 설레고 사랑도 은근히 깊어지리라. 또한, 활활 타오르다 사위어간 화롯가의 재를 바닷가의 모래라고 비유한 문장은 매우 탁월하다. 백사장의 모래알 수만큼 연인의 애정은 깊어지고, 설야의 겨울밤은 깊은 줄도 모르게 점점 깊어지리라.

설야 화롯가에 앉아 자분자분 즐기는 양주동 선생은 참으로 행복한 사람이다. 반면에 멀고 먼 타국에서 그녀를 보고 싶어도 볼 수 없고, 만지고 싶어도 만질 수 없는 애절한 심경을 눈이 푹푹 쌓이던 밤에 애달프게 읊은 시인이 있다. 흰 당나귀의 발걸음 소리로 청각과 공감각을 한껏 자극한다. "나타샤와 나는/ 눈이 푹푹 쌓이는 밤 흰 당나귀 타고 산골로 가자/ 출출이 우는 깊은 산골로 가 마가리에 살자."라고 백석은 애타게 읊고 있다. '나타샤'는 백석 시인이 그리워한 실존의 여인, 자야 여사로 알려진다. 이 시를 음미하는 독자 또한 눈처럼 깨끗하고 순수한 화자의 꿈이 자신의 이야기인 양 그리움이 절절히 느껴지리라.

눈은 시각, 청각, 촉각 그리고 미각으로도 음미한다. 눈깔사탕이 귀하던 유년 시절에 맑고 깨끗한 눈을 얼마나 먹었던지 아직도 입안이 화하다. 영화 "님아, 그 강을 건너지 마오."에선 노부부가 간밤에 쌓인 눈을 보고 마당으로 나선다. 귀가 밝아진다며 눈을 한 움큼씩 서로 먹여주는 모습은 참으로 애틋하여 눈시울이 뜨거워진 영화의 한 대목이다. 눈은 신묘한 마력이 있다. 문학과 영화 속에 등장하는 주인공이 실존 인물이든 아니든 아무래도 좋다. 그러나 당사자라면 아마도 그리움에 사무쳐 그의 이름을 목메어 부를 것이고, 상상 속 인물이라면 환상적 이미지는 더욱 높아지리라.

눈은 만인의 설렘이자 그리움의 모티브다. 눈에 얽힌 이야기가 당신에게 상처와 고통, 아픈 기억뿐이라도, 세월과 함께 희디흰 빛깔에 희석되어 애잔하거나 그리운 추억으로 남으리라. 혹자는 누구나 다 아는 눈 타령을 무얼 그리 구구절절 늘어놓느냐고 할지도 모른다. 21세기 지구는 뜨거워져 이상기온으로 눈을 자주 볼 수 없어 이제는 눈 타령도 어려운 지경이다. 어쩌면 과거의 경험과 상상으로만 만족해야 할 옛날이야기로 끝나고 말지도 모를 일이다. 서정이 사라지고 있는 지금, 미래를 살아갈 후인이 설경의 정서와 감각을 느끼지 못할까 봐 아쉬울 따름이다. 어쨌거나 겨울을 맞아 눈마저 없다면, 우리의 삶이 얼마나 무미건조할까. 그리 보면 첫눈을 기다리며 설경을 바라볼 수 있는 천혜의 자연과 서정에 미의 세계를 품은 나라이기에 더없이 좋다. 아직은 눈과 함께 남다른 미를 창조하고 자유로운 존재가 될 수 있기 때문이다.

'백설 애애한 세계', 정현종의 시어처럼 저 혼자서도 고요하고 맑고 아름답다. 그러나 아무도 봐 주지 않고, 아무런 흔적도 없이 백지상태로 있다면 무의미하리라. 햇살이 쏟아지는 설경 속에 서 있는 그대를 떠올린다. '사람이 풍경일 때처럼 행복한 때가 없다.'고 했던가. 자연과 인간이 하나 바로, 그것이다.

지금, 이 순간 눈에 얽힌 지워지지 않는 선명한 기억이 떠오른다. 천지가 눈으로 하얗게 덮은 날, 눈 속에서 울고 있는 빨간색 스웨터를 입은 아이의 형상이다. 그날 외할머니를 왜 그토록 따라가고 싶어 했는지, 목 놓아 서럽게 울었는지 사연은 떠오르지 않는다. 다만 눈 속에 고혹적으로 드러난 환상적인 내 모습이 기억의 잔상으로 남아 나이를 함께 먹고 있다.

눈이 남긴 잔상은 내 생애 간직한 귀한 선물이다. 어떤 기억도 '눈 속 빨간색 스웨터 입은 꼬맹이 이미지'를 뛰어넘을 수가 없는 건, 아마도 백설이 주는 환상적 매력이 아닐까 싶다. 이 모두 눈을 관장하는 신이 내린 마법이리라. 아직도 난, 마법에 호되게 걸리길 원한다. 그날처럼 '백설 애애한' 날 목 놓아 울던 아이와 기꺼이 하나의 풍경이 되리라.

이은희 불경스러운 언어

백자 달항아리 (개인 소장)

5부

여기에
무엇을 쓰면
좋겠는가

• 일단 쓰라. 일단 써 보라. – 헤밍웨이

• 네가 할 일은 진실한 문장을 딱 한 줄만 쓰는 거야.
네가 알고 있는 가장 진실한 문장 한 줄을 써 봐 – 헤밍웨이

• 쓴다는 것은 망각이다. 문학은 삶을 무시하는
가장 기분 좋은 방식이다. – 페르난두 페소아

일단 쓰라, 일단 써 보라

- 어니스트 헤밍웨이 『파리는 날마다 축제』

한없는 열정의 삶은 가난의 굴레도 잊게 하는가. 그는 마치 '신경 *끄기*' 기술을 터득한 사람처럼 불안한 배꼽시계를 잠재우며 타인의 시선도 아랑곳없다. 오직 글쓰기를 해야 하는 사람처럼 무아지경無我之境이다. 그가 앉은 장소는 뭇사람이 지나다니는 파리의 노상 카페. 매일 같은 시간, 같은 자리에 앉아 같은 분량의 글을 쓰고 있다. 그는 살아가는 동안 '진실한 한 문장'을 찾고자 노력하였고, 그 한 문장을 찾고서야 글을 계속 써나갈 수 있었단다. 헤밍웨이가 글을 쓰고자 자신에게 수없이 되뇐 말이다.

걱정하지 마, 넌 전에도 늘 잘 썼으니, 이번에도 잘 쓸 수 있을 거야. 네가 할 일은 진실한 문장을 딱 한 줄만 쓰는 거야. 네가 알고 있는 가장 진실한 문장 한 줄을 써 봐.

[어니스트 헤밍웨이 『파리는 날마다 축제』, 이숲, 18쪽]

이은희 불경스러운 언어

어니스트 헤밍웨이는 미국의 대문호이다. 그가 말년에 그리워한 곳은 자신이 태어난 미국이 아닌, 파리이다. 죽음을 앞두고 스물두 살부터 여러 해 동안 생활한 파리의 삶을 추억하며 글로 남겨 사후에 출간되었다. 궁핍한 환경에서도 펜을 놓지 않은 글쓰기를 위한 작가 정신이 돋보인다. 첫 아내와의 여행, 경마와 사냥 등 삶의 소소한 이야기, 그리고 친한 벗인 『위대한 개츠비』의 작가 스콧 피츠제럴드와의 일화가 진솔하게 담겨 있다.

자서전적 에세이에서 드러나듯 매일 어떤 식으로든 자신에게 글을 쓰길 주문한다. 또한, 어딘가 한 곳에 구속되는 걸 원하지 않는 듯싶다. 작가들이 자신이 태어나고 자라난 곳을 떠나 파리, 런던, 뉴욕, 로마 등지를 떠돈다. 한 곳을 정하여 얼마간 머물며 글을 쓰며 작가 활동을 이어간다. 노벨문학상 수상작인 『노인과 바다』의 배경 또한 쿠바이다. 직장에 얽매인 필자도 언젠가 유럽의 한 지역에 머물며 글쓰기를 희망한다. 몸과 영혼이 자유로운 삶을 꿈꾼다.

글이 집안 책상에 앉아야만 써지는 건 아니다. 나는 식구 많은 집에서 성장하여 그런지 장소 구애를 받지 않는 성격이다. 무엇보다 소재 구상과 글쓰기 능력은 '무게가 없어 어디로든 수월하게 지고 다닐 수' 있다. 김영하 소설가 말대로 '발상도 지혜도 무형의 자산을 가진 사람들은 어느 한 곳에 붙들려 있을 필요가 없다.' 리베카 솔닛이 쓴 '걷기와 방랑벽에 대한 에세이'에서 말한 것처럼 '생각으로 먹고사는 사람들은 방랑하지 않을 수 없다.'라는 말이 맞는 성싶다. 한곳에 정착하지 못한 헤밍웨이처럼, 주말이면 길 위에 여행자로 나서는 필자처럼, 많은 작가가 글감을 찾아 방랑을 일삼는 것 또한 바로 그것이다.

글을 쓰는 작가의 마음과 자세, 집필 장소도 독창적이다. 영감을 불러일으키기 위한 몸짓과 번뜩이는 영감을 부여잡고자 애쓰는 일거수일투족이 눈앞에 그려지는 듯하다. 김영하 소설가는 '호텔에선 언제나 삶이 리셋되는' 기분이란다. 삶이 부과하는 문제가 까다로울수록 여행을 더욱 갈망하는 이유가 '리셋에 대한 희망'이라고 말한다. 대부분 작가는 혼자만의 공간을 원한다. 하지만, 헤밍웨이는 어수선한 노상 카페를 좋아한다. 그는 글을 마친 후에 소감을 '마치 사랑을 나누고 난 것처럼 언제나 공허하고, 슬프면서도 행복했다.'라고 적고 있다.

나는 원고를 쓰는 중에는 하루 작업을 마치고 나면 내가 쓰는 글에 대한 생각을 잊어버리기 위해 책을 읽었다. 작업 시간 외에도 쓰던 글에 대한 생각을 계속하면, 다음 날 글쓰기를 시작할 때 글의 실마리를 잃어버릴 위험이 있기 때문이었다. 이럴

이은희 불경스러운 언어

때 운동을 해서 몸을 피곤하게 하는 것도 좋은 방법이었고, 아내와 사랑은 나누는 것은 더 좋은 방법이었다.

[어니스트 헤밍웨이 『파리는 날마다 축제』, 이숲, 70쪽]

그는 '글쓰기에 필요한 영감의 샘이 절대로 마르지 않게 하는 방법을 알고' 있었다. 그리고 '영감의 깊은 샘에 아직 뭔가가 남아있을 때 글쓰기를 멈추고 밤새 그 샘이 다시 차오르기를 기다릴 줄도 알고' 있었다. 말처럼 글을 짓기가 쉽지 않다. 나 같은 경우엔 글감이 떠오르면 머릿속에서 상상의 기와집을 수없이 짓고 부순다. 잘 그려지지 않으면, 무작정 걷기나 명상을 곁들인 요가를 하거나 장르가 다른 작가의 책을 펼쳐 읽는다. 책을 읽다가 단어 하나에서 원하는 문장이 떠오르기도 하고, 새로운 글감을 얻기도 한다. 그도 아니면, 아예 모든 걸 접어두고 길을 떠난다.

훌륭한 글쓰기를 위한 노력은 참으로 각양각색이다. 하지만, 우리가 알아야 할 중요한 것은 영감은 저절로 오지 않는다는 것이다. 글감이나 한 대상에 애정을 갖고 부단히 노력을 기울일 때, 어느 순간 영감은 번뜩이리라.

나는 이 강박관념에서 벗어나려고 애썼지만, 소용없는 일이었다. 아침 일찍 일어나 덧없는 봄이 찾아왔음을 발견하고, 염소 몰이꾼의 피리 소리를 듣고, 경마 신문을 사려고 밖으로 나갈 때만 해도 인생은 더없이 단순한 것 같았는데….

[어니스트 헤밍웨이 『파리는 날마다 축제』, 이숲, 60-61쪽]

헤밍웨이는 타고난 천재 작가로 알려져 있다. 그러나 그는 누구보다 노력하는 사람이었다. 자신은 '글을 쓰려고 태어난 사람이고, 현재도 미래도 그럴 것'이라 장담한다. '펜을 놓는 순간 자신의 재능을 포기하는 것'이라고 말할 정도로 글쓰기에 관한 자기관리에 철저한 사람이다. 또한, 본인이 직접 경험하지 않은 건 글로 쓰지 않는다는 프로다운 작가의 면모를 보여준다. 유전적 요인인가 아니면, 훌륭한 글을 쓰고자 하는 과도한 노력 때문이었을까. 본인이 토로했듯 강박관념에 사로잡힌 그는 순수 허기를 이기지 못하고 자신의 엽총으로 목숨을 끊는다. 헤밍웨이가 홀연히 세상을 떠났지만, 동안에 발표한 그의 언어는 영원히 살아남아 많은 사람의 심혼을 울리고 있다.

내일도 열심히 글을 쓰리라. 글쓰기는 내게서 거의 모든 것을 치유해 주었고, 그것이야말로 내가 당시에도 믿었고, 지금도 믿는 일이다.

[어니스트 헤밍웨이 『파리는 날마다 축제』, 이숲, 30쪽]

이은희 불경스러운 언어

글쓰기엔 정녕 치유의 기능이 있다. 눈앞에 불우한 환경을 바꿔 놓지는 않지만, 그 환경을 바라보는 삶의 시선이 달라지는 걸 목격한다. 그녀는 신춘문예 당선한 날 '작가님은 자신을 음지에서 양지로 끌어내 빛을 보게 해준 사람'이라고 말한다. 생활고로 매일 죽고 싶다는 생각을 멈추지 않은 사람이다. 그런 그녀가 글을 쓰며 과거의 상처를 스스로 치유하며 빛나는 작가의 삶을 살아가고 있다. 그녀의 글을 읽고 있으면, 내면의 상처가 가만히 아무는 느낌이 든다. 이렇듯 문학은 알게 모르게 자기 치유와 생명을 다루는 일에 관여한다. 내가 경험한 문학은 빛이자 삶의 희망이다.

글쓰기에 관한 명언은 시간이 흘러도 변함없다. 헤밍웨이는 작가 지망생에게 '일단 쓰라, 일단 써 보라.'라고 말한다. 나 또한, 한점 의구심 없이 글을 쓰고 또 쓰고 있다. 시선을 밖으로 돌리니 붉은 노을이 번지는 저물녘이다. 붉은 나뭇가지 사이로 꽃잎같이 어른대는 모습, 카페에 앉은 헤밍웨이가 보이는 듯하다. 진실한 한 문장을 찾고자 애쓰는 그의 애잔한 속울음이 들려오는 듯하다.

한 모금의 시원한 샘물 같은 언어로

- 주자청 산문선 『아버지의 뒷모습』

사람들의 뒷모습 바라보기를 좋아한다. 모르는 사람의 얼굴을 톺아보는 건 겸연쩍은 면이 있다. 상대가 모른다는 전제하에 뒷모습 바라보기는 적어도 불쾌감을 주지 않는다. 자신의 심경을 들키지 않고 소소한 행위도 자유롭다. 그리고 좋아하는 사람의 뒷모습을 바라보는 감정은 남다르다. 잠시 헤어짐이 멀리 떠나는 듯 미묘한 감정이 일기도 한다. 그래서인가. 상대가 먼저 돌아서기를 원하고, 멀어지는 뒷모습을 기억하기를 원한다. 여기 남다른 부정의 모습이 존재한다. 주자청 朱自淸(1898~1948)이 1925년 10월 북경에서 적은 아버지의 애달픈 뒷모습이다.

아버지는 철로변을 약간 휘청거리면서도 천천히 살펴 가고 계셨다. 이때의 아버지는 그다지 힘들어 보이지 않았다. 이제

철로를 다 건너서 저쪽 플랫폼에 오르려고 할 때는 그리 쉽지 않을 것이다. 아버지는 먼저 양손을 플랫폼 위 바닥에 댄 채 두 다리를 모으고는 위로 오르려고 한껏 뛰셨다. 순간 뚱뚱한 몸이 중심을 잃으며 왼쪽으로 기우뚱하셨다. 몹시 힘겨워하시는 모습이 역력했다.

[주자청 산문선 『아버지의 뒷모습』 「아버지의 뒷모습」, 태학사, 85쪽]

주자청은 아버지의 뒷모습을 마치 역전에서 바라보는 듯 세밀하게 묘사한다. 아버지는 성장한 아들을 배웅하고자 기차역에 따라 나온다. 기차표를 직접 끊어 주며 당부의 말씀을 하고, 그것도 모자라 철로를 건너가 귤 한 꾸러미를 안고 걸어오는 아버지다. 그런 아버지의 모습을 바라보며 눈물을 흘리는 아들의 심정도 애틋하다. 플랫폼을 오르내리며 기우뚱거리는 아버지의 모습을 바라보며 얼마나 애처로웠을까. 눈물겨운 부정의 모습이고 21세기에 보기 드문 장면이다.

누구나 그리운 사람의 뒷모습을 간직하고 있으리라. 필자도 뇌리에 지워지지 않는 그리운 아버지의 형상이 있다. 세월이 흘러도 겨울밤을 따스하게 덥히는 추억이다. 연탄불 앞에서 군밤을 굽던 아버지의 자상한 뒷모습이다. 딸 여섯의 맏이로 철이 일찍 들어 아버지의 행동을 바라볼 수 있는 자리, 등 뒤에서 서성거렸다. 당신 곁에는 여동생들이 옹기종기 앉아

철망 안에서 열 알 정도의 군밤이 이리저리 구르며 구워지는 모습을 바라보고 있다.

아버지는 군밤이 타지 않도록 폭 깊은 둥근 철망의 손잡이를 이리저리 자주 흔든다. 얼마간 시간이 흐르면, 칼집을 넣은 알밤의 껍질 부분이 불거지며 군데군데 거뭇해진다. 당신은 목장갑을 낀 손으로 뜨거운 군밤을 들고 껍질을 벗기기 시작하면 드디어 알밤을 먹을 순간이다. 김이 오르는 노르스름한 속살의 군밤을 열기가 한 김 나가도록 당신의 입김으로 호호 불어 어린 동생부터 입안에 일일이 넣어주셨다. 우리가 앉은 공간이 구수한 군밤 냄새로 가득 차고, 따끈한 군밤은 보기만 해도 군침이 고인다.

기나긴 겨울밤은 짧아지고 그 순간만큼은 무엇도 부러운 것이 없다. 아버지의 숨결을 거쳐온 군밤이 어찌나 달고 맛나던지 제비 새끼처럼 받아먹었던 기억을 잊을 수가 없다. 주자청도 아버지가 손수 끓여주시던 두부를 떠올린다. 알밤이 익기를 기다리는 나의 모습이나 두부를 먹고자 물이 펄펄 끓기를 기다리는 주자청의 모습은 비슷하리라.

무엇을 먹는다기보다는 하나의 재미였다. 아버지는 저녁에는 춥기 때문에 모두들 먹어가면서 온기를 채워야 한다고 하셨다. 우리 형제는 이렇게 끓인 두부를 좋아했다. 식탁에 앉자마자 눈

이은희 불경스러운 언어

을 크게 뜬 채 냄비만을 바라보고 있으면서 물이 펄펄 끓기를 기다렸고, 또 뜨거운 증기 속에 아버지가 젓가락으로 꺼내 주시는 두부를 기다리곤 했던 것이다.

[주자청 산문선 『아버지의 뒷모습』 「겨울」, 태학사, 206쪽]

주자청의 산문은 솔직하고 담백하다. 남성이 이토록 서정의 풍취와 다정다감하게 쓴 문장을 본 일이 없다. 참으로 풍부한 감수성의 면모를 지닌 문장가이다. 고전 수필을 탐독하다 보니 아내를 애도하는 글을 쓴 남성은 드물다. 더불어 아내와 생전의 일을 회상하며 쓴 「죽은 아내에게」란 주자청의 편지는 마치 아내가 잠시 여행을 간 듯 공간적 거리감이 느껴지지 않는 글이다. 동양의 사대부적 권위주의가 횡행하던 시대라 남성들이 아내를 향한 애정을 드러내는 일은 어려웠으리라. 그래서 주자청의 아내를 향한 회한의 글은 희소성이 있다.

또한, 소식이 두절된 옛친구를 그리워하는 그의 우정도 남다르다. 「편지 한 통」은 태주사범대학 발행지인 『녹사祿絲』에 게재된 글이다.

글 속 자등화가 궁금하여 검색하니 등꽃이라는데 같은 꽃나무인지는 모르겠다. 여하튼 '누추한 것들을 모두 덮어버릴' 정도로 연보랏빛 등꽃이 흐드러지고 꿀벌이 날아드는 봄날의 정경을 상상하니 기분이 절로 좋아진다. 나뭇가지에 꽃송이들이 '요염하게 걸려' 있다는 표현도 새뜻하다.

> 형이 보낸 편지에서 자등화紫藤花를 이야기했는데, 저는 정말 그 꽃 좋아합니다! 소박할 정도로 누추한 방안에⋯. 지금은 짐작컨대 그렇게 누추하지는 않겠지요⋯. 그리고 정원에 그렇게 웅장하고 무성한 자등화가 있다는 것이 불가사의하더군요. 그 꽃의 웅장하고 무성한 자태는 누추한 것들을 모두 덮어버려 오히려 그 누추함이 없어서는 안 될 존재가 된 듯합니다.
>
> [주자청 산문선 『아버지의 뒷모습』, 「편지 한 통」, 태학사, 135쪽]

주자청은 S형과 보았던 봄날의 자등화에 관한 기억을 떠올린다. 그의 편지를 읽어 내려가던 필자는 나뭇가지에 "섬섬옥수 같은 꽃송이들이 어쩜 그렇게 야들야들하고 요염하게" 핀 문장에 밑줄을 긋는다. 옛친구도 어디선가에서 주자청이 게재한 다정다감한 편지에 행복하였으리라.

우리의 궁극적인 화두는 인간이 아니겠는가. 인간의 오욕칠정을 시적인 언어와 절제된 감정으로 풍취스럽게 엮어간 주자청의 소품 산문들은 바쁜 세상에서 허둥대는 우리에게 한 모금의 시원한 샘물처럼 상쾌한 느낌을 준다. 비록 수십 년 전 어느 중국인의 글이지만 이렇게 가슴에 와 닿는 느낌을 가져 보는 것은 참으로 행복한 일이다. [주자청 산문선 『아버지의 뒷모습』, 박하정의 「주자청朱自淸의 소품 산문」, 태학사, 20쪽]

주자청은 다양한 소재로 "대접을 받지 못하던 소품문 수필의 지위를 문학의 전당에 당당히 올려놓은" 문장가이다. "인간의 오욕칠정을 시적인 언어와 절제된 감으로 풍취스럽게" 엮었다는 박하정의 말에 공감한다. 주자청의 글은 일상에서 일어날 수 있는 이야기이다. 삶의 경험을 생생하게 자신만의 사유로 들려주고 있다. 특히, 주자청의 글에서 드러난 인간매매는 영화에서나 나올법한 기막힌 서사다. "내 두 눈으로 직접 보았던 가장 싸구려 생명은 7전에 팔려온 여자아이다."란 문장이 실린 「7전짜리 목숨」은 자국민으로 불편하고 회피하고 싶었을 텐데, 자성의 언어로 그려내 놀랍다. 역시 문장가답게 현실을 회피하지 않고 글로 남긴 것이다.

문장의 행간을 음미하며 과거의 자잘한 기억을 소환한다. 참으로 다양한 목소리를 들을 수 있어 좋다. 무엇보다 주자청이 1900년대 머물며 삶을 기록하지 않았다면, 그 시대의 고유한 문화의 풍취와 따스한 인정을 어찌 알겠는가. 백 년이 넘은 중국인의 글이지만, 그의 소소한 일상과 수려한 문장에 감동하며 여러 생각을 낳는다. 수필은 역시 독자에게 친근하게 다가갈 수 있는, 매력이 넘치는 장르이다. 세상이 AI 인공지능으로 돌아간다고 해도, 문학이 있어야 세상은 살아갈 만하다.

여기에 무엇을 쓰면 좋겠는가

— 세이쇼나곤 『베갯머리 서책』

무수한 여정을 거쳐 마지막 장인 발문을 읽는다. 그녀는 이 서책을 "할 일 없는 사가 생활 중에, 눈에 보이고 마음속에 생각한 것을 남이 보겠나 하고 써서 모은 것이다."라고 적는다. 일부다처제, 여성이 밖으로 나도는 것조차 곱지 않던 시대에 적은 글이다. 사회적으로 여성의 존재 가치를 드러낼 수 없었던 남성의 시대. 여성이 직업(관직)을 가질 방법은, 궁중에 출사하는 경우이다. 저자는 993년 여방으로 발탁되어 이치조 천황의 비, 데이시 중궁을 보필하며 겪은 생활담과 자연 감상을 섬세한 필치로 그려낸다. 세이쇼나곤의 『베갯머리 서책』은 '궁궐 귀족 사회의 문예와 풍류를 한 단계 끌어올렸다는 평가를 받고 있다.'

무엇보다 일본 수필 문학의 효시가 된 책의 탄생 일화도 흥미롭다. 만약 나에게 이런 상황이 부닥치면, 어떤 대답을 하었을까 궁금하다. 세이쇼나곤(966~1013?)이 모시는 데이시 중궁에게 천황은 귀한 종이를 하사한다. 중궁은 세이쇼나곤에게 "여기에 무엇을 쓰면 좋겠는가." 묻는다. 천황은 종이에 "사기史記"를 쓴다고 덧붙인다. 그녀는 거침없이 그 자리에서 "그렇다면 마쿠라枕를 쓰는 게 옳은 줄 압니다."라고 아뢴다. 그 말에 데이시 중궁은 그녀에게 종이를 하사하여 『베갯머리 서책』이 탄생한 경위를 적는다. 책의 제목 『베갯머리 서책』은, 마쿠라노소시枕草子의 '마쿠라'(枕: 베게), 몸 가까이 은밀히 지니는 것을 의미하고, '소시草子'는 묶은 책을 말한다.

세이쇼나곤은 미적 감각이 높은 감성의 소유자다. 계절에 따른 자연의 변화를 잘 묘사하고 있다. 궁 안이라는 공간적 한계가 있어선가. 작가의 시선에 든 모든 만물과 상황이 상세히 글로 표현된다. 특히, 궁 안 사람들의 의복 묘사가 상상력을 돋운다. 사진이 없어도 그 시대 고유한 의복 문화를 유추할 수 있도록 상세히 기록되어 있다. 어디 그뿐이랴. 베갯머리가 은유하듯 당시의 소소한 생활상과 은밀한 남녀 간의 이야기도 만날 수 있다.

겨울밤 아주 추울 때 사랑하는 사람과 같이 덮은 옷 속에 파묻혀, 저 멀리서 은은하게 들려오는 종소리를 함께 듣는 것도 정취가 있다. 그즈음 닭이 울기 시작하는데 처음에는 부리를 날

개 속에 처박아 먼 곳에서 우는 것처럼 들리다가, 날이 밝아 옴에 따라 점점 가깝게 들려온다.

[세이쇼나곤 『베갯머리 서책』 「은밀한 곳의 멋」, 지식을 만드는 지식, 230쪽]

사랑하는 그대의 옷 속에 파묻혀 듣는 은은한 종소리가 얼마나 좋으랴. 또한, 이별의 순간을 알리는 첫닭의 울음소리는 얼마나 애달프게 들릴까. 당시 연애의 형태는 다른 사람한테 알려지는 걸 꺼리는 은밀한 사랑이었다. 남녀의 만남도 "여자의 경우, 남자의 방문이 예정되어 있을 때는 그 남자를 맞이하고자 깨어 있어야 하고, 남자의 방문이 없을 때도 기다림과 그리움으로 깨어 있는 것이 풍류라 여겼던 시대이다." 새벽에 남자가 떠나고 후조 편지를 기다리는 여자의 마음을 헤아려본다. 후조 편지는 그야말로 두 사람의 마음을 이어주는 러브레터. 마음에 드는 여자한테 정성스러운 편지를 써 보내고, 답장이 와야만 두 사람의 만남이 계속 이어지기 때문이다. 편지는 생활 속 문학이나 다름없다.

작가들은 대부분 보기 좋고 아름다운 대상을 추상적으로 이미지화하길 좋아한다. 필자도 보기 흉하고 더러운 면모나 드러내기에 낯선 정황은 문자로 남기는 것을 회피하는 경향이 있다. 그러나 『베갯머리 서책』에선 "한 가지 사물이나 인간에

내해 일관성 있게 서술하는 것도 있지만, 한 가지 관점에만 구애받지 않고 다양한 각도에서 조명해 각기 다른 상황을 만들어 내는 것 또한 많다." 필자가 쓰지 못한 이야기며 대리만족한 글이다. 쇼나곤의 '밉살스러운 것'에서 통쾌함을 느낀다.

술 마시고 주정하며, 손가락으로 입안을 쑤시고, 수염을 쓰다듬으며 잔을 다른 사람에게 마구 돌리는 삶도 보기 싫다. 한 잔 더 하라는 뜻인지 몸을 옆으로 흔들며 머리를 휘두르고 입술까지 비죽거리며 마치 어린아이들이 '나라님 댁에 찾아가서' 노래를 부를 때처럼 이상한 표정을 짓는다. 이런 추태를 어엿한 사람이 하는 것을 보았을 때는 정말이지 싫어진다. – 중략 –

벼룩 또한 매우 밉살스러운 존재다. 옷이 들썩들썩할 정도로 옷 속에서 통통 튀어 다닌다. 개 여러 마리가 소리를 맞추어 길게 끌며 우는 것은 얄밉다 못해 불길하기까지 하다.

[세이쇼나곤 『베갯머리 서책』 「어쩌지는 못하고 정말 얄미워」, '밉살스러운 것', 지식을 만드는 지식, 93쪽]

정녕코 국적을 막론하고 세기를 넘나들며 같은 유형의 인간이 존재하는 것이 신기하다. 쇼나곤의 글에 빗대어 가슴 속 품은 이야기를 이제야 풀어 놓는다. 술주정하는 남성이 밉상스럽다. 회식 막바지에 다다를 즈음 술 취한 남성 직원이 친

이은희 불경스러운 언어

밀한 듯 내 귀에 얼굴을 가까이 대고 혀가 꼬부라진 소리로 '뭐라 뭐라'고 중얼거린다. 그 내용은 궁금하지도 않다. 얼굴에 튕기는 침이 신경 쓰인다. 지난번에도 예민한 피부에 튀긴 타액은 열꽃처럼 부어올라 붉은 반점의 흔적을 남겼다. 상대에게 인상을 찡그리며 '조금 떨어져서 말하라.'라고 해도 들은 척도 하지 않고, 인체에서 술 분해가 안 되는 걸 알면서도 술잔을 마구 돌리며 '한 잔 더'를 외치는 남성들, 정말 잔밉다.

다른 하나의 밉상은 벼룩이란다. 입꼬리가 저절로 올라가 안면 근육을 풀게 한 미물이다. 벼룩이 동에 번쩍 서에 번쩍 하였던 모양이다. 옷이 들썩거릴 정도라니 얼마나 몸이 가려웠겠는가 짐작이 간다. '벼룩이 통통 튀어 다닌다.'거나 개 여러 마리가 짖어대는 걸 '길게 끌며 운다.'라는 표현에 절로 미소가 지어진다. 더불어 밤의 적막을 깨트리는 개 울음을 '얄밉다 못해 불길'하다는 징조는 주변에 불청객이 들었다는 예감이 들 정도이다.

이어 밉살스러운 풍경이다. 불현듯 예전 위풍이 센 골방이 떠오른다. 황소바람이 부는 한겨울, 위풍이 드는 방에 방문을 제대로 닫지 않는다고 생각해 보라. 방문을 제대로 닫지 않고 들락거리는 동생들에게 싫은 소리를 달고 산 적이 있다. 지금은 위풍 센 골방을 찾아보기 어렵고, 회식도 마음대로 못 하는 코로나 시대다. 이제 침 튀길 일도 드물다. 한낱 불편한 기억으로 되새김질할 뿐이다.

한창 더울 때 더러워진 우차를 빈티 나는 소에 매달고 흔들거
리며 가는 것. 비도 오지 않는 날에 거적을 덮은 우차. 호되게
추울 때나 더울 때 비천한 여자가 허름한 차림으로 어린애를 들
쳐 업은 것. 나이 먹은 거지. 작은 판잣집이 검게 그을려 더러운
데다 비까지 맞은 것. 또 비가 심하게 내리는데 작고 볼품없는
말을 타고 와서 이리 오너라 하고 큰 소리로 부르는 것. 겨울에
는 그나마 괜찮은데 여름에 포와 속곳이 비에 젖어 몸에 찰싹
붙어 있는 것은 정말 볼썽사납다. [세이쇼나곤 『베갯머리서책』
「고달픈 이 세상」, '괴로워 보이는 것', 지식을 만드는 지식, 405쪽]

이은희 불경스러운 언어

하층민의 고달픈 삶이 고스란히 드러나는 글이다. 저자가 머
문 헤이안 시대는 귀족 중심의 신분제 사회이다. 궁 안에 머무
는 사람들은 하층민을 접할 기회가 없었다. 그들에게 관심도
없어 문학의 소재로 쓰는 경우가 거의 없었단다. 그런 시대에
세이쇼나곤의 소재는 참신하고, 자신만의 사유의 세계를 펼친
다. 귀족층이 다루지 않는 소재, '더러워진 우차, 거적을 덮은
우차, 허름한 차림에 어린애를 업은 것, 검게 그을린 작은 판잣
집, 속곳이 비에 젖어 찰싹 붙어 있는 것' 등을 적는다. 표면으
로 드러난 비루한 삶의 겉모습, 먹고 사는 일이 먼저인 하층민

의 삶을 귀족들이 어찌 알랴. 그들의 삶은 시각적 이미지화인 볼거리에 지나지 않는다. "동정 어린 따스한 시선이 아닌 호기심 어린 눈"으로 바라볼 뿐이다. 이것이 "대상물에 대해서 거리를 두고 감흥을 느끼는 '오카시' 정신"이라니, 신분 제도로 계급 의식이 여실히 드러나는 지점이 아닐까 싶다.

『베갯머리 서책』에 실린 302편의 글은 사소한 생활상이나 결코, 사소하다고 말할 수 없다. 그녀의 시선에선 그냥 스치는 대상은 없는 것 같다. 세이쇼나곤은 하나의 장면을 정지시켜 놓고, 그녀만의 풍부한 감성으로 하나하나의 모습을 그려내는 남다른 재주가 있다. 특히, "남성의 전유물이었던 한시문을" 예리하고 섬세한 필치로 궁중 생활을 그려내 대중의 사랑을 받는다. 일본 수필 문학의 효시가 된 점이 그 증거이다. 남다른 문학 세계를 구축한 세이쇼나곤이 대문장가임을 부인할 순 없다. 자신의 일상이 문학으로 승화된 저자처럼 작가로서 무엇을 담을지 다시금 깊이 고민하는 시간이다.

페소아에게 위로받다

- 페르난두 페소아의 『불안의 서』

요즘 사람들은 여러 개의 얼굴로 살아간다. 진정한 자아는 어딘가에 감추고 다양한 모습으로 자신을 드러낸다. 어쩌면, 21세기 글로벌한 세계에선 새롭지도 않은 일인지도 모른다. 인터넷에서 다양한 얼굴로 살아가는 현대인처럼 예전에도 자기 안의 수많은 자아를 문학으로 승화시킨 작가가 있다. 문학에 생을 바친 120개의 이명異名을 가진 작가, 페르난두 페소아(1888~1935)다.

나는 내 안에서 여러 개성을 창조해냈다. 나는 계속해서 다양한 개성을 창조하고 있다. 내가 꿈을 꿀 때마다 모든 꿈이 하나하나 육신을 입고 서로 다른 사람으로 태어난다. 그렇게 태어난 꿈들은 나를 대신하여 계속해서 꿈을 꾼다.

[페르난두 페소아 『불안의 서』, 봄날의 책, 793쪽]

이은희 불경스러운 언어

페소아의 수많은 이명에 이끌려 책장을 들춘다. 그처럼 직장생활과 글쓰기를 병행하며 어려운 길을 걷고 있지만, 작가를 전업으로 삼지 못하고 있다. 예전이나 지금이나 작가의 형편은 별로 나아진 것이 없다. 변명 같지만, 생업을 포기하지 못하는 이유를 한마디로 말하기는 어렵다. 작가가 된 이후로 하루도 수필가로 살지 않은 날이 없다. 다만, 치열한 글쓰기와 생업의 끝없는 욕망, 그 어느 것도 포기하지 못하는 자신을 발견한다. 그런 삶도 이젠 십수 년, 페소아의 말대로 '관성이 된 사람'이다. 기운이 없거나 우울할 때『불안의 서』의 어느 곳을 들춰 읽어도 좋다.

페소아는 아무것도 원하지 않는 사람이다. 그의 삶처럼 정녕 우리는 아무것도 원하지 않을 수 있을까. 부질없는 욕망인 줄 알면서도, 불구덩이에 자기 몸을 제물로 바치는 불나방을 무수히 보았지 않던가. 그들이 흘린 후회의 눈물로 우리가 살아가는 건지도 모른다. 인간은 세대를 넘어도 변함없이 돈과 명예, 권력을 소유하고자 전전긍긍한다. 부질없는 욕망에 시달리는 그대여, 잠시 잠깐 여유를 부려 페소아에게서 위로받길 원한다.

열정이 배제된, 고도로 다듬어진 삶을 살기. 이상의 전원에서 책을 읽고 몽상에 잠기며, 그리고 글쓰기를 생각하며. 권태에 근접할 정도로, 그토록 느린 삶, 하지만 정말로 권태로워지지는 않도록 충분히 수고 된 삶. 생각과 감정에서 멀리 벗어난 이런 삶을 살기. 오직 생각으로만 감정을 느끼고, 오직 감정으로만 생각을 하면서, 태양 아래서 황금빛으로 머문다. 꽃으로 둘러싸인 검은 호수처럼. 그늘 속은 독특하고도 고결하니, 삶에서 더 이상의 소망은 없다.

[페르난두 페소아 『불안의 서』, 봄날의 책, 97쪽]

열정이 배제된 삶이라니 이해가 되지 않는다. 마치 구도자처럼 살아간다는 말인가. 어느 자리에선가 자신을 '무모한 열정의 사람'이라고 말한 적 있다. 돈도 '빽'도 없는 사람이 세상에 나가 무언가를 이루고자 몸부림치듯 살아온 삶을 비유적으로 말한 것이다. 물불 가리지 않고 질주하는 삶 앞에서 '권태에 근접할 정도로 느린 삶'이라니, 세상은 생각하는 것처럼 그리 녹록하지 않다. 한눈팔지 않고 직진해도 비루한 삶을 벗어나기 어려운 것이 현실이 아닌가.

그의 삶은 달라도 너무 다르다. 세상을 열정 없이 살아나갈 수 있을까. 과연 열정 없는 삶이 가능한가. 묻고 되물으며 책장을 넘긴다. 페르난두 페소아의 에세이 『불안의 서』의 발문을 쓴 김소연은 아무것도 원하지 않는 것도 능력이란다. 페소아도 '아무것도 원하지 않는 능력'의 집필을 통해 그 능력을

이은희 불경스러운 언어

연마했을 것만 같다. '페소아는 왜 그렇게 했는가'를 깊이 생각하다 이 책을 덮을 무렵에는 '우리는 왜 페소아처럼 하지 못하는가'라는 질문에 이른다. 그래, '삶의 숭고함에 나를 헌납하여 삶의 노예가 되지 않고자 체념을 선택할 권리, 한없이 나약할 권리, 끝없이 불안할 권리, 권태로울 권리와 공허할 권리'도 좋다. 하지만, 페소아가 간과한 한 가지는, 그가 남긴 수많은 불멸의 작품을 무엇으로 설명할 것인가. 그토록 외면하고 싶은 세상을 향한 또 다른 열정의 표현이자 문학을 향한 열정이 아닌가 싶다. 무엇보다 시詩로 풀지 못한 이야기를 다작의 에세이로 낳았고, 후인은 그 글에 감탄하며 우리가 함께 글을 쓰는 존재라는 점에서 절절한 동지 의식을 느낀다.

페소아는 생전에 잘 알려지지 않은 포르투갈 시인이다. 그의 사후에 약 이만여 장의 시와 산문이 가방 속에서 발견하며 세상을 놀라게 한다. 리스본에서 태어난 페소아는 포르투갈 영사였던 의붓아버지를 따라 남아프리카 공화국에서 유년기를 보내며 여러 언어를 배운다. 여섯 살 때 새 이름을 짓기 시작해 죽기 전까지 120여 개 이름으로 정체성을 바꿔가며 글을 썼다. 필명을 바꿔 쓰며 다중인격처럼 창작한 작품은 마치 '여러 자아로 삼아도 괜찮아'라고 고독한 현대인을 위로하는 것만 같다. 이 책을 완역한 배수아 소설가는 '지상에서 가장

슬픈 책, 페소아가 전하는 슬픈 상상력'에 빠져보라고 권유한
다.

『불안의 서』는 마음처럼 빨리 읽히지 않는다. 우선 책 두께
에서 중압감을 느낀다. 작품이 무려 481편에 달하고 788페이
지에서 책장을 덮는다. 한 문장의 짧은 글에서 한두 쪽을 넘
지 않는 단문의 에세이집이다. 『불안의 서』는 1930년 3월 9
일, 일기처럼 글은 시작된다. 공감하는 문장에선 눈이 번쩍
뜨여 책 읽기 속도가 높아진다. 화자는 책을 읽는 내내 그의
꿈과 잠결 속에서 헤매다 나온 느낌이다.

글은 대부분 불면의 밤에 쓰인 것 같다. 페소아의 무수한
사유와 무방비한 감정, 낯선 상상이 절제 없이 적나라하다.
이 책에 가장 많이 쓰인 단어가 '피곤하다, 꿈과 잠'이다. 수백
날 잠을 이루지 않고 글을 썼으니 피곤하기도 했으리라. 페소
아는 직장을 다니며 틈나는 대로 가슴으로 눈으로 손으로 귀
로…, 온몸으로 글을 쓰고 있다. 어떤 억압과 굴레에서 벗어
나 '나는 나와 나 사이에 있는, 신이 망각한 빈 공간'에서 자유
로운 영혼과 마주한다. 페소아는 글을 쓰고자 태어난 사람이
다. 글을 쓰지 않으면 삶을 영위할 수 없는 작가이리라. 그러
니 이토록 많은 자아와 방대한 작품을 낳은 것이 아니겠는가.

이은희 불경스러운 언어

쓴다는 것은 망각이다. 문학은 삶을 무시하는 가장 기분 좋은 방식이다. 음악은 마음을 달래준다. 시각예술은 활기를 준다. 활동적 예술(춤이나 연극)은 즐거움을 준다. 그러나 문학은 삶으로부터의 멀어짐이다. 문학이 삶을 잠으로 만들기 때문이다. 반면에 나머지 모든 예술은 삶의 편이다. 어떤 예술이 더 가시적이고 더 활기찬 형태를 지니므로, 또 어떤 예술은 인간의 삶 그 자체로부터 나온다는 이유로.

[페르난두 페소아 『불안의 서』, 봄날의 책, 218쪽]

페소아는 '문학은 삶을 그럴싸한 모습으로 보여줄 뿐이다.'라고 말한다. 정녕 문학이 그럴싸한 모습만 보여주는가. 죽을 것 같은 고통도 아니 매번 치밀어 오르는 죽고 싶은 감정도 문학으로 미화되고 치유되는 현상을 어찌 말할 것인가. 김소연 시인은 『불안의 서』를 '가장 무방비한 감각과 감정을 기록한 이 작업, 가장 인간적인 방식으로 경전과 닮아 있다.'라고 말한다. 페소아의 생활이 녹아든 깊은 사유의 '그 어떤 유토피아도 알짱대지 않는 경전', 삶 그 자체가 바로 경전이다. 작품은 쓰지 않고 '작가입네' 얼굴만 알리고자 나다니는 사람은 그의 신전 앞에서 알짱대지 마시길. 고민하는 작가여, 페소아처럼 '신이 망각한 빈 공간'에 들어 망각을 즐기고 싶지 않은가. 그가 제시한 공간에서 잠시 불안을 잠재우자.

불경스러운 언어는
해서는 안 될 말이고, 써서는 안 될 글이다.
하지만 작가는 남들이 다 하는 말에 입을 얹지 않고,
남들이 다 쓰는 글에 손을 대지 않는다.
비록 한 줌의 재로 분서된다고 해도
'불경스러운 언어'는 작가를 위해 남겨진 말이고
써야 할 글이다.

– 홍억선

이은희를 주목한다

홍억선

수필가, 한국수필문학관장

이은희를 주목한다

홍억선

이은희는 수필문단에서 이미 이름이 널리 알려진 중견수필가다. 그의 귀한 수필집 말미에 몇 줄의 발문을 적는 것은 순전히 그의 삶의 이력과 작가로서의 자세, 다양하게 묶어내는 그의 작품세계를 기존의 수필가들과 수필입문자들 그리고 일반 독자들에게 한 번 더 각인시켜 드리기 위해서다. 결코 그의 명성을 위해서가 아니라 적어도 우리 수필계에 이런 대표선수가 있다는 것을 알리기 위한 자부심의 발로이다.

이은희는 필명을 '검댕이'로 쓴다. 스스로 검댕이 작가라 부르고, 그렇게 불리기를 좋아한다. '검댕이'는 2004년 제7회 동서커피문학상(현 동서문학상) 공모에서 대상을 받은 작품이다. 동서문학상은 한국문인협회와 동서문학상운영회가 2년마다 주관하는 우리나라 최고 수준의 신인 발굴 문학상으로서 시, 소설, 수필, 아동부문 전체 대상과 부문별 금상 수상자에게는 《월간문학》 등단과 한국문인협회 입회 특전을 주고 있

이은희 불경스러운 언어

다. '검댕이'는 그해 17,168편의 응모작 중에 전체 대상으로 선정되었으며, 이는 소설부문에서 대상을 내던 관례를 깨뜨린 성과였다. 당시 심사를 맡은 김우종 평론가는 '검댕이'를 이렇게 평했다.

"이은희의 「검댕이」는 한국의 수필문학이 매우 높은 수준에 도달해 있음을 입증할 만한 수작이었다. 문장력뿐만 아니라 수필이 갖추어야 할 문학적 기법에서 특히 우수성을 나타냈다. 다른 분야에서도 이에 버금가는 수작들이 경쟁을 벌였으나 수필부문에서 대상을 내는 데 주저함이 없었다."

이러한 평가는 개인 이은희의 탄탄한 문학적 역량을 앞세운 화려한 등단을 넘어 우리 수필문단으로서는 새로운 세기를 맞아 이론과 실기를 겸비한 신진의 등장을 알리는 신호탄이기도 했다.

당시 문예지를 발간하고, 수필아카데미를 운영하고 있었던 필자로서는 그에게 주목하지 않을 수 없었다. 돌아보면 수필 강의를 하면서 가장 많이 입에 올렸던 수필가가 이은희가 아니었던가 싶다. 그의 묵인 없이 그의 삶의 이면을 소개했고, 작가로서의 치열한 열정과 그의 수필집 권권에 담긴 작품세계를 가져다 썼다. 그럴 정도로 수필가로서 삼위일체의 자격을 가졌다고 보았다.

이은희는 문인 이전에 기업 경영인이다. 그는 청주 대성여

상 재학 중에 50년 전통의 주식회사 대원에 입사하여 현재까지 37년째 재직 중이다. ㈜대원은 대원모방과 대원건설을 거느린 충북지역 굴지의 상장사 대기업이다. 아파트 브랜드 '칸타빌'로 우리의 귀에 익숙한 회사이기도 하다. 연고가 있었던 것도 아니고 재학 중에 공채로 당당히 입사하여 한 단계 한 단계 밟아와 지금 그는 전무이사로 경영총괄본부장의 중역을 맡고 있다. 그동안 기업인으로서 경영대학원 석사과정을 마쳤고, 문인으로서 문예창작학과를 졸업하였으며, 무엇보다 등단 18년 차로서 10권의 개인 수필집을 등재한 것이 놀랍다.

수필가 이은희가 생활인으로서, 기업인으로, 문인으로서 어떻게 삶을 쪼개어 사는지 늘 우리는 궁금하다. 긴장의 연속인 전투와도 같은 회사생활을 겸하여 머리를 짜내는 정신노동자로서의 글쓰기를 어떻게 감당해 내는지 그의 시간과 공간의 이해가 필요하다.

이은희는 매사를 계획하고, 계획을 반드시 실행하고, 실행을 결과물을 내는 사람인 것 같다. 철저한 기업 정신이 글쓰기에 전이된 것은 아닌가 싶다. 그가 얼마나 치밀하게 한 편의 글을 쓰고, 한 권의 수필집을 내는지를 확인하기 위하여 부득불 그의 수필집을 나열해 보지 않을 수 없다. 우선 열 권의 수필집이 모두 창작지원금이나 수상금으로 발간된 것이 특별하다.

수필집『검댕이』(2005)는 등단하자마자 문학상 수상금으로 출간한 첫 작품집이다. 등단 전후의 발표작과 습작품, 각종 공모전 수상작들로 화소들이 이곳저곳 산재해 있는 탐색기의 수필집이다. 글쓰기 모태가 그의 나이 36살에 돌아가신 어머니에게 있다는 것을 밝혀 놓았다.

『망새』(2007)는 (주)대원에서 출간 지원금 수혜를 받고 낸 수필집이다. 앞서 '검댕이'가 내면의 자각과 탈피를 다루었다면, '망새'는 비로소 작가의 시선이 외부세계로 넓어져 '발상의 전환을 이룬 작품집이라 하겠다.

『버선코』(2009)는 삽화가 있는 수필집으로, 충북개발공사 문학창작지원금을 수혜하였다. 수필집 '망새'가 소소한 일상을 아울렀다면, 작가의 시선이 '오래된 풍경' 쪽으로 깊어진 것으로 보인다. 스스로 '낡고 불투명한 빛깔로 남아 있는 옛 물건과 물상에 정이 가고, 세월의 더께가 쌓인 것들에 눈이 가는 것은 소중한 것을 잃어버리지 않으려는 몸짓'이라고 하였다. 한 권의 수필집에 하나의 집중된 테마를 담겠다는 의도가 분명하게 읽힌다. 수필에 삽화가 들어간 형식은 당시 신인으로서는 참신하고도 과감한 시도였다.

『생각이 돌다』(2011)는 사진이 있는 수필집으로 충북도문화예술기금 수혜로 출간되었다. 이은희의 몸이 밖으로 나가기 시작한 수필과 사진의 콜라보 수필집이다. 몸이 밖으로 나가니 사진이 수필 속에 들어왔다. 파인더 속의 풍경은 신체의 눈과 달리 또 다른 독특한 생각을 돌게 한다. 언제 어디서나 남다른 생각과 행동으로 옮겨야 하는 예술가 본연의 태도를 의식하겠다는 다짐의 수필집이다.

수필선집 『전설의 벽』(2014)은 문예지 수필미학사에서 "한국수필문단의 역량 있는 중견수필가"를 선정하여 그동안의 대표수필 30편을 뽑아 잡지사의 부담으로 출간하였다.

2014년의 사진 수필집 『결』은 문학창작기금 수혜로 발간하였다. 나무도 결이 있고, 바람도 결이 있고, 물도 햇빛도 결이 있는 것처럼 사람도 저마다 결이 있다는 인간 존재의 가치를 묻고 대답하는 사유 수필집이다. 작가가 새로운 화두에 천착하게 되면서 시선과 사색은 한층 더 깊어졌다고 평가된다. 이어서 발간된 포토에세이집 『결을 품다』(2017)는 『결』의 속편으로 3쇄까지 발간되었다. 이를 계기로 그는 '결의 작가'라고 불리기도 한다.

2018년에 발간된 『춤추는 처마』는 현대수필에서 주관하는 구름카페문학상 수상집으로 발간되었다.

수필집 『화화화』(2021)는 아르코 문학나눔도서에 선정된 우수작품집이다. 수필에 '꽃'을 들여놓은 역시 테마 수필집이다. 작가는 꽃을 키운다. 꽃을 키우다 보니 꽃 수필을 쓰는 것인지, 수필을 쓰기 위해 꽃을 키우는지는 알 수 없다. 다만 코로

이은희 불경스러운 언어

나 시대에 하늘과 맞닿은 아파트 24층의 갇힌 공간에서 '꽃이 가지고 있는 결'을 더욱 미세하게 탐색한 글들이다. 제목 『화화화』에는 한자를 병기하지는 않았지만 짐작하건대 '花-火-和'의 중의적 의미를 의도하지 않았나 싶다.

  작가는 1년 만에 열한 번째 수필집 『불경스러운 언어』 출간을 앞두고 있다. 이번 수필집은 색다르게 보인다. 그의 표현대로 결이 다르다. 인물평전, 사물평전 모음집이기 때문이다. 이은희는 지난 2015년부터 현재까지 계간 《수필세계》에 '이은희의 수필 여행법'이라는 타이틀로 고전수필을 찾아내어 읽고 사유하며, 그 시대 작가의 세계를 현대수필로 해석하는 작업을 하고 있다. 이를 이번에 묶는 것이다.

  이은희는 옛것에 깊은 관심이 있으며 특히 조선의 문장가들에 애정이 깊다. 그는 이덕무와 허균을 좋아하고, 심노숭, 김득신, 이옥 등을 연모한다. 이들의 공통점은 '불경스러운 언어'를 썼다는 점이다. 불경스러운 언어는 해서는 안 될 말이고, 써서는 안 될 글이다. 하지만 작가는 남들이 다 하는 말에 입을 얹지 않고, 남들이 다 쓰는 글에 손을 대지 않는다. 비록 한 줌의 재로 분서된다고 해도 '불경스러운 언어'는 작가를 위해 남겨진 말이고 써야 할 글이다.

  이은희는 26편의 '인물 평전'을 탐구하면서 혼자 가슴에 품기 어려웠던 모양이다. 그러고 보면 26편의 글들 속에는 작가의 시선이 머물러야 할 소재 찾기와, 문장 수련, 작가로서의 태도 등이 들어있다. 그러기에 이번 수필집은 함께 연구해보자는 수필 교과서로의 의도가 깔려 있어 보인다.

작금에 일만을 헤아리는 수필문단이 안고 있는 과제는 스타 수필가의 출현에 있다. 타장르의 권위 있는 수상 소식이 지면을 장식할 때마다 우리는 우리를 위해 얼마나 기름진 토양을 일구었는가 부끄러워진다. 팬심의 시대를 맞아 얼굴 하나로 수십만을 몰고 다니는 정치인이 있고, 노래 하나로 팬들이 아우성을 치기도 한다. 조잡한 유튜버도 수만의 팬이 있다고 한다. 소박하지만 그의 수필을 읽고 다음 수필을 기다리게 하는 수필가를 우리는 언제 만나게 될까.

삼십 대에 입문하여 오십 대를 지나가고 있는 이은희는 수필문단의 소중한 자산으로 기대를 거는 이가 많다. 수필은 사람의 문학이라고 하였다. 그는 생활인으로서 신뢰라는 재산으로 대기업의 중역에 오른 입지전적 인물이다. 그는 수필이라고 하면, 문학과 문화 현장이라고 하면 어디나 달려가 역할을 다하는 문화예술인이다.

그의 수필은 다양다기한 실험 정신으로 변화를 꿈꾸며 끊임없이 변신을 시도하고 있다. 수필에 삽화를 그리고 사진을 넣는다. 결을 느끼기 위해 사진기를 들고 나서기도 하고, 닫힌 공간 베란다에서 꽃을 키우기도 하며 요즘 트렌드인 테마 수필을 이어가며 한 권 한 권 우리에게 새로운 방향의 메시지를 전하고 있다. 앞으로 그의 진화가 어디로 향할지가 또다시 궁금해진다. 그래서 우리는 그를 앞세우기 위해 그의 뒷모습을 주목하게 된다.

참고문헌

1부

- 책벌레, 간서치가 그리운 날엔

  이덕무 청언소품 · 정민, 『한서 이불과 논어 병풍』, 열림원, 2000.

  정민, 『책벌레와 메모광』, 문학동네, 2015.

- 완물상지 경계를 넘은 문장가

  유득공 산문선, 김윤조 역, 『누가 알아주랴』, 태학사, 2005.

  안대회 지음, 『조선의 명문장가들』, (주)휴머니스트 출판그룹, 2008.

- 걸어 다니는 서점, 책쾌

  이민희, 『조선을 훔친 위험한 책들』, 글항아리, 2008.

  이수광, 『공부에 미친 16인의 조선 선비들』, 해냄, 2012.

  정민, 『책읽는 소리』, 마음산책, 2002.

- 인간 박물지, 청장관

  한정주 지음, 『조선 최고의 문장 이덕무를 읽다』, 다산초당, 2016.

  이덕무 지음, 한정주 역, 『문장의 온도』 다산초당, 2018.

  정민 지음, 『한서 이불과 논어 병풍』, 도서출판 열림원, 2000.

- 작품은 개인의 뿌리에서 피는 꽃

  이태준 산문선, 『남행열차』, 태학사, 2006

- 차향처럼 은은하고 견고한 인연

  정민, 『새로 쓰는 조선의 차 문화』, 김영사, 2011.

  문태준, 『바람이 불면 바람이 부는 나무가 되지요』, 마음의 숲, 2019.

  박철상, 『서재에 살다』, 문학동네, 2014.

이은희 불경스러운 언어

2부

- 내 영혼의 기도가 종소리처럼 우는 것

  박목월 지음, 정민 엮음, 『달과 고무신』, 태학사, 2015.

  박목월의, 『밤에 쓴 인생론』, 도서출판 강이, 2014.

  박동규·박목월, 『아버지는 변하지 않는다』, 도서출판 강이, 2014.

- 영웅은 살아 있다

  이순신 지음, 이은상 옮김, 『난중일기』, 지식공작소, 2020.

  김훈, 『바다의 기별』, 생각의 나무, 2008.

- 벽, 공감각 표현의 장場

  상허학회편, 이태준 전집, 『무서록 외』, 소명출판, 2015.

  정민, 조선지식인의 내면 읽기, 『미쳐야 미친다』, 도서출판 푸른역사, 2004

- 깨달음은 도덕의 으뜸가는 부적

  홍길주 지음, 정민 외 옮김, 『19세기 조선 지식인의 생각 창고』, 돌베개, 2006.

  홍길주 지음, 이홍식 옮김, 『상상의 정원』, 태학사, 2008.

  최식 지음, 『조선의 기이한 문장』, 글항아리, 2009.

- 존재의 울림을 위하여

  정약용, 『한밤중에 잠깨어』, 문학동네, 2012.

3부

- 유배객이 쓴 어보漁譜

  김려, 『유배객, 세상을 알다』, 태학사, 2009.

- 괴이하고 불경스러운 언어

  안대회 지음, 『조선의 명문장가들』, (주)휴머니스트 출판그룹, 2008.

  한정주 지음, 『글쓰기 동서대전』, 김영사, 2016.

이옥 지음, 실시학사 고전문학연구회 엮음, 『이옥전집』, 휴머니스트, 2009.

• 눈물은 어디에 있는가

심노숭 지음, 김영진 옮김, 『눈물이란 무엇인가』, 태학사, 2001.

안대회 지음, 『조선의 명문장가들』, (주)휴머니스트 출판그룹, 2008.

심노숭 지음, 안대회 김보성 외 옮김, 『자저실기』, (주)휴머니스트 출판그룹, 2014.

한정주 지음, 『글쓰기 동서대전』, 김영사, 2016.

• 아름다움을 앓다

최순우, 『나는 내 것이 아름답다』, 학고재, 2006.

이충렬, 『혜곡 최순우 한국미의 순례자』, 김영사, 2013.

• 묘사, 그 치열함의 세계로

구자승 지음, 『치열한 작가 정신을 통한 리얼리즘 구자승』, 서진문화인쇄사, 2017.

심노숭 지음, 김영진 옮김, 『눈물이란 무엇인가』, 태학사, 2013.

심노숭 지음, 안대회 김보성 외 옮김, 『자저실기』, (주)휴머니스트 출판그룹, 2014.

4부

• 내가 우는 이유는

한유 지음, 고광민 옮김, 산문선 『자를 테면 자르시오』, 태학사, 2015.

• 몸과 마음이 따로 가는 영혼

허균, 산문선, 『누추한 내 방』, 태학사, 2003.

허균, 『숨어사는 즐거움』, 솔출판사, 2010.

이은희, 『생각이 돌다』, 수필과비평사, 2011.

안대회, 『문장의 품격』, (주)휴머니스트 출판그룹, 2016.

이은희 불경스러운 언어

- 권태 아닌 권태를 즐기는

  이상 지음, 권영민 엮음, 『산촌여정』, 태학사, 2006.
- 한국미의 상징, 달항아리

  김환기, 『어디서 무엇이 되어 다시 만나랴』, (재)환기재단, 2021.

  유홍준의 美를 보는 눈 Ⅲ, 『안목(眼目)』, 눌와, 2017.

  최순우, 『나는 내 것이 아름답다』, 학고재, 2006.

  이충렬, 『김환기 어디서 무엇이 되어 다시 만나랴』, 출판회사 유리창,
  2013.
- 한겨울 매화를 탐하다

  김용준, 『근원수필』, 범우사, 2000.

  김영회, 『조희룡 평전』, 동문선, 2003.

  이성혜, 『조선의 화가 조희룡』, 한길아트, 2005.

  전기, 「매화초옥도」, 32.4x36.1cm, 19세기 중엽, 종이에 담채, 국립중
  앙박물관 소장

  조희룡, 「매화서옥도」 415x960, 1789(정조 13)~1866(고종 3), 한국학
  중앙연구원 소장.
- 겨울의 서정시, 눈雪

  양주동, 수필집 『인생잡기』, 탐구당, 1962

  백석, 『나와 나타샤와 흰 당나귀』(개정판), 다산책방, 2014.

  안도현, 『백석 평전』, 웅진북센, 2021.

5부

- 일단 쓰라, 일단 써 보라

  어니스트 헤밍웨이 지음, 주순애 옮김, 『파리는 날마다 축제』 이숲,
  2012.

  류시화, 『좋은지 나쁜지 누가 아는가』, 더숲, 2019.

김영하 산문, 『여행의 이유』, 문학동네, 2019.

• 한 모금의 시원한 샘물 같은 언어로

주자청 지음, 박하정 옮김, 산문선 『아버지의 뒷모습』, 태학사, 2000.

• 여기에 무엇을 쓰면 좋겠는가

세이쇼나곤 지음, 정순분 역자, 『베갯머리 서책』, 지식을 만드는 지식, 2015.

• 페소아에게 위로받다

페르난두 페소아, 배수아 옮김, 『불안의 서』, 봄날의 책, 2018.

이은희 불경스러운 언어

이은희 에세이

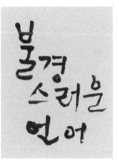

불경
스러운
언어